LES MYSTÈRES

DU

GRAND MONDE

II

PARIS,

FÉLIX JOURDAN, ÉDITEUR,

EN VENTE CHEZ BAZOUGE-PIGOREAU,

33, RUE SAINT-ANDRÉ-DES-ARTS.

1844

I0656194

LES MYSTÈRES

DU

GRAND MONDE.

II

EN VENTE.

ROMANS DU COEUR.

1re Livraison.

Thérésa, par Mme Charles Reybaud. . . . . } 2 vol. in-8.
La Mère-Folle, par Auguste Arnould. . . . .

2e Livraison.

La Vierge de Fribourg, par X.-B. Saintine. . . } 2 vol. in-8.
La Marquise d'Alpujar, par Molé-Gentilhomme.

3e Livraison.

La dernière Soeur grise, par Léon Gozlan. . . } 2 vol. in-8.
Un Amour de Reine, par Clémence Robert. . . .

Chaque livraison, contenant deux romans complets, se vend séparement.

Nouveautés.

La duchesse de chevreuse, par Clémence Robert. 2 vol. in-8.
Les Frères de la Cote, par Emmanuel Gonzalès. 2 vol. in-8.
Berthe l'Amoureuse, par Henry de Kock. . . . 2 vol. in 8.
Le Livre d'amour, par Emmanuel Gonzalès. . 2 vol. in-8.
Les Enfants de l'atelier, par Michel Masson et Clémence Robert. . . . . 2 vol. in-8.
Aventures de Robert Robert, par Louis Desnoyers. 2 vol. in-8.

SOUS PRESSE.

Le Roi, par Clémence Robert. . . . . 2 vol. in-8.
Les mémoires d'un ange, par Emmanuel Gonzalès. . 2 vol in-8.
Le comte de Carmagnola, par Molé-Gentilhomme. . 2 vol. in-8.
L'amant de Lucette, par Henry de Kock. . . . . 2 vol. in-8.
L'Honneur du Mari, par Auguste Arnould. . . . 2 vol. in-8.
La fille du gondolier par J.-A. David. . . . . 2 vol in-8.
L'assassin par amour, par Hippolyte Bonnelier. . 2 vol. in-8.
Souvenirs d'une femme du peuple, par Roland Bauchery 2 vol. in-8.
Les Deux Trésors, par Philippe de Marville. . 2 vol. in-8.

ROMANS DE ELIE BERTHET.

EN VENTE.

Richard le Fauconnier. . . . . 2 vol. in-8.

SOUS PRESSE.

Le pacte de famine. . . . . 2 vol. in-8.
La mine d'or . . . . 2 vol. in-8.
Le Cadet de normandie. . . . . 2 vol. in-8.
L'incendiaire de l'Aveyron . . . . 2 vol. in-8.
La Maison du Bon Dieu. . . . . 2 vol. in-8.

Imp. de Hauquelin et Bautruche,
90, rue de la Harpe.

LES MYSTÈRES

DU

GRAND MONDE

BIBLIOTHEQUE ROYALE
I

II

PARIS,

FÉLIX JOURDAN, ÉDITEUR,

Y² EN VENTE CHEZ BAZOUGE-PIGOREAU,

33, RUE SAINT-ANDRÉ-DES-ARTS

1844

1843

1924

[illegible]

[illegible]

[illegible]

[illegible]

[illegible]

XXVII.

La Confidence.

Vous connaissez maintenant la pauvre femme qui avait écrit au sublime prolétaire Pierre Morin. Dans l'opinion générale, madame Samuel était très heureuse, car le bonheur, selon le monde, se compose d'une loge aux Bouffes et à l'Opéra, d'un attelage élégant, d'un mari fort occupé, et de plusieurs mille francs de diamants. Avec cela, la vertu est si facile, qu'on ne doit pas s'en faire un mérite, et il est défendu de souffrir. Malgré ceci, il est de pauvres et tendres créatures qui se meurent dans ce *bonheur*, et qui luttent, inquiètes et palpitantes, entre leur cœur et leur devoir. La loi, en scellant une chaîne à leur pied, n'a pas mis un bandeau sur leurs yeux, et ne leur a pas enlevé l'âme; aussi souffrent-elles en contemplant d'un triste regard ce monde qui ne sait jamais pardonner.

Pierre Morin se présenta donc chez madame Samuel, selon ses désirs. Elle le reçut dans un boudoir délicieux, tendu de velours violet à reflets clairs et ponceau, résumant délicieusement les fantaisies de renaissance et de moyen-âge du XIXe siécle. Ses portes étaient drapées à l'orientale, par des rideaux en soie verte, frangés de fils d'or. — Les meubles, de formes antiques, quoique neufs et parfaitement frais et luisants, offraient un mélange gracieux des différents genres de beauté. Quelques fauteuils étaient sculptés en bois étrangers, tandis que d'autres en ébène étaient finement incrustés de paillettes d'ivoire. — Quelques chaises en bois de citronnier étaient ornées de palissandre; quelques autres étaient en simple acajou, tourné sur les plus exquises proportions.

Cet ensemble n'offrait aucun désaccord, et se trouvait rehaussé par le tapis qui couvrait le parquet. Ce n'était pas un de ces sujets d'histoire et de chevalerie des tapis de l'empire. C'était un tissu de laine de la fabrique d'Aubusson, merveilleusement travaillé, dont les fleurs vertes et jaunes se mariaient bien avec le reste de l'ameublement. Sur une table placée au milieu de l'appartement, il y avait des journaux, quelques revues, quelques romans en compagnie d'un grand nombre de folles chinoiseries. — Sur le piano qui faisait vis-à-vis à la cheminée, reposaient encore des rois, des pasteurs et des bergères en porcelaine. — La cheminée, elle-même, en était couverte, ainsi que d'une pendule en marbre rouge, à mosaïques bleues, qui réfléchissait son balancier dans la glace.

Il y avait encore des corbeilles de bois vernis, chargées de fleurs embaumées et divines qui achevaient de briller et de mourir.

Enfin, sur chacun de ces meubles, on voyait de ces riens de femme si malicieux, si gentils, si en désordre, qui égaient le cœur et révèlent la joie et le caprice. Là, tout paraissait heureux, harmonisé; quoique cela ressemblât un peu à l'étalage d'un brocanteur aisé.

La belle et noble figure de Clémence, imprégnée de douleur, parut plus belle et plus noble encore à Pierre Morin.

— Qu'y a-t-il? lui demanda-t-il avec effroi en la voyant si pâle et si bouleversée.

— Ecoutez-moi, répondit-elle :

Vous n'ignorez pas, mon tendre, mon seul ami, les circonstances qui m'ont jetée dans cette maison. Dès que je connus M. Samuel, cet homme auquel ma vie est liée, je me laissai aller au désespoir, et je fis passer devant moi les rapides images d'un bonheur perdu sans retour. J'aperçus d'abord la modeste demeure où mon insouciante jeunesse s'est écoulée près de mon bon père ; je me voyais cueillant des fleurs pour son front, chassant par mon babil enfantin les soucis de ses affaires. Bientôt après, je me retrouvai dans ma seconde enfance, à cette époque pendant laquelle je commençai à connaître Alfred et à comprendre les choses de la vie. Ah! qu'elle me parut belle et brillante, cette année sillonnée de troubles charmants, riche de trésors à jamais ensevelis dans mon cœur!

Comme les regards d'Alfred avaient mis dans mon âme une vigoureuse empreinte de bonheur !

Quelquefois, pendant le silence de mes nuits sans repos, j'osais me rappeler les mots d'amour que ce jeune homme qui allait être mon époux murmurait à mon oreille ravie ; nos rendez-vous, où la parole était sans témoin ; les furtives étreintes de nos âmes enchaînées ; enfin les naïfs à-compte de l'amour, qui ne dépassaient point les bornes de la pudeur. Oui, je l'avouerai à vous et à Dieu seuls, je me plaisais à revivre en songe dans ces délicieuses journées où j'aimais Alfred, cette âme aussi douce que forte. Mais hélas ! bientôt se dressaient devant moi les impitoyables figures de Dreus-Jolin et de Samuel, je sentais que j'appartenais au malheur, et je me rappelais la lettre que j'avais écrite à Alfred en quittant Bruxelles, et qui finissait par ces mots : — «Si tu m'aimes, ne cherche jamais à me revoir.»

J'aimais à me souvenir des moindres accidents de ma passion. Oh! j'étais toujours à Alfred! Il y a bien des manières de posséder une femme. Un regard qui s'anime sous les étreintes de votre regard, un cœur qui va chercher votre cœur, qui s'exalte ou se désespère avec vous, une main dont la pression vous trouble et vous fascine, ne sont pas d'un moindre abandon qu'un corps qui se livre.

Cependant il y avait quelques semaines que j'étais à Paris, brisée de tant de secousses horribles, lorsqu'un soir on annonça, chez madame la marquise de Lannot, M. Alfred Narvaës. C'était lui! Mais comme il était pâle! La maladie qu'il avait faite en apprenant ce qu'il appelait ma trahison, l'avait bien changé! Il était venu là avec l'intention de me braver. Dès qu'il se fût aperçu des ravages que la douleur avait faite sur ma figure, il devina tout.

J'étais décidée à oublier le passé et à ne pas songer à l'avenir, la présence d'Alfred rouvrit mes plaies.

Plus on se débat contre le souffle d'une passion vraie que le monde avait légitimée, et que les circonstances ont rendue criminelle, et plus les efforts que l'on fait sont inutiles. En rentrant chez moi, dès que je me fus étendue sur ma couche isolée, je me livrai librement à ma préoccupation. Mon esprit évoqua, avec une rare fidélité, les souvenirs de cette soirée; je vis d'abord Alfred, le front soucieux, le regard froid, le sourire méprisant et indigné, et le souvenir de la sensation affreuse que j'avais éprouvée à cet aspect, me redonna un battement de cœur violent.

J'avais eu, réunis sous les yeux, l'homme auquel j'appartenais et celui qui s'était emparé de mon cœur. Assurément ce rapprochement n'avait pas été à l'avantage de M. Samuel, toutefois, dans la vertu de mon âme, je ne voulais plus me persuader que de mes devoirs. — Et puis, me disais-je, quel mérite aurais-je eu à l'épouser pour sauver mon frère, si je n'étouffais pas mon amour pour Alfred?...

Fortifiée par cette pensée, je m'écriai que je ne pourrais plus, que je ne devais plus faire la moindre attention à lui. Et je pleurai longtemps. Je me plus à me torturer le cœur. Je me rappelai la dureté des jugements du monde sur les femmes dont la conduite prêtait à la médisance, et j'exerçai ma sévérité sur moi-même. Je me trouvai indigne, ma faiblesse me parut inexcusable, et je souhaitai la mort pour échapper à ma honte. Enfin mon cœur était le théâtre d'un combat bizarre mais affreux entre mon amour et ma conscience, entre le sentiment de ma passion et celui moins grand, hélas! de ma dignité.

Vous le savez, ami, vous qui avez souffert aussi, l'amour est une fleur si divine qu'on tarit volontiers pour l'arroser tout le sang de son âme et tous les pleurs de ses yeux.

Quand j'eus épanché en sanglots convulsifs la douleur de cet amour que je ne pouvais arracher de mon sein, je pris une résolution trop désespérée pour être exécutable; je voulais écrire à Alfred que je ne l'aimais plus, qu'il m'était odieux; que vous dirai-je? tout le contraire de ce que j'éprouvais. Mais bientôt ce moyen me parut mauvais, je décidai que je partirais le lendemain; mais où? avec qui? alors je garderais le lit; je me dirais malade afin d'éviter de paraître dans le monde dont je ne pouvais chasser mon *persécuteur*. Je me fis plusieurs serments courageux, et je finis par m'avouer que je l'aimais toujours... N'avais-je pas lutté? n'avais-je pas offert toutes les tortures d'une âme innocente en expiation à l'autel tyrannique du devoir?... Malgré cela, je pris en face de Dieu l'engagement de me protéger moi-même contre toute faiblesse.

Le lendemain, je reçus une lettre d'Alfred. Pouvais-je résister au triste bonheur de lire ses reproches tempérés par les plus douloureuses protestations ? Et puis ne m'étais-je pas promis d'être forte ? n'étais-je pas en garde contre mes moindres impressions ?... Etait-ce un crime, après tout, de respirer un intant l'air embaumé de la vie d'amour ?...

Après ces terribles luttes, je lus plusieurs fois la lettre d'Alfred. Malheureuse ! je buvais des yeux le poison de ces paroles brûlantes qui s'infiltraient dans mon cœur ; je me baignais abandonnée dans cette onde remplie de mirages, je prêtais une oreille charmée aux cris de la passion éveillant tous les échos de ma tendresse ; je laissais ma rêverie se balancer au gré de ces mélodies qui énivrent en berçant ; je respirais avec volupté cet amour exalté qui m'encensait des parfums les plus suaves de l'adoration.

Je passai le reste de cette nuit orageuse à presser sur mes lèvres ce papier qui me brûlait; cette lettre était pour moi le cœur, le front, les lèvres d'Alfred, de mon amant que j'appelais éperdue, folle, auquel je me donnais toute entière...

Dès que le jour parut, je me levai, tirai les rideaux dont l'épaisseur répandait une obscurité dans ma chambre et je répondis à Alfred.

A quoi avaient servi toutes ces hésitations tous ces combats?...

Depuis, je vous l'avouerai, il m'écrivit plusieurs lettres, auxquelles j'eus la faiblesse de toujours répondre. Mais ce que je puis vous jurer, c'est que je ne deshonorai point ce nom que M. Samuel n'a que trop avili lui-même par des crimes inconnus. Non, je ne fus point coupable, mais ces lettres trouvées par M. Samuel me condamneraient à ses yeux. Eh bien! mon cher ami, ces lettres ne sont plus entre les mains d'Alfred... Il y a huit jours, M. Samuel et Dreus-Jolin nous surprirent en tête-à-tête, dans un des boudoirs qui sont près des salons de madame de Lannot. En nous voyant ensemble, Samuel fit un geste infâme à son complice et lui parla à l'oreille d'une voix de crocodille qui soupire pour attirer sa proie.....

Le lendemain Dreus-Jolin insultait Alfred... Une rencontre eut lieu... ah! mon ami, que vous dirai-je? voyez mes larmes; Alfred fut tué par Dreus-Jolin.... Je suis sûre que cet homme a la bosse du meurtre...

Ici Clémence interrompit son récit pour verser quelques pleurs amères. Pierre Morin lui prit les mains et les lui serra. Cet encouragement muet parut rassurer Clémence qui reprit :

— Jugez de mon effroi, de ma douleur!

toutes mes affections s'étaient concentrées dans le sentiment qu'il m'inspirait. Notre amour, dégagé de toute pensée charnelle, était ma vie... Vous me voyez mourante.... Le bonheur et les plaisirs dont ma vie avait été privée, je les retrouvais dans l'amour extrême que je lui portais. Je l'aimais avec le pur et profond dévoûment d'une mère, avec la jalousie d'une épouse...

J'étais inquiète quand je n'avais pas reçu de lettres de lui; je ne vivais que par lui... à lui seul se rattachaient les craintes, les espérances de mon âme.

Dreus-Jolin le reconduisit chez lui, avec messieurs Chabaud de Boir et Panisset, ses deux témoins. Eux seuls ont pu s'emparer de mes lettres... Toujours est-il qu'elles sont au pouvoir d'une nommée madame de Champy, qui est venue hier me menacer de les livrer à M. Samuel. Que faire, mon Dieu? Cette femme, qui se dit envoyée vers moi par une personne qu'elle se refuse de nommer, m'a proposé de me vendre ces lettres cent mille francs !... quelle horreur ! Voilà pourquoi je vous ai prié de venir, mon cher Morin, comptant sur votre amitié pour me sauver de ce péril. Le monde est méchant, vous me l'avez dit souvent, et je finis par le croire ; il aime à s'arrêter aux apparences... Eh bien ! mes lettres me condamnent.... on croira que j'ai été la maîtresse du malheureux Alfred... Que faire ? que faire ? Je sens que je deviens folle. . Que faire ?...

— Quand doit revenir cette femme chargée de cette infâme négociation ? demanda Morin.

— Dans huit jours.

— D'ici-là, vous serez sauvée ! dit-il sans avoir une idée valable ; mais possédé, avant tout, du désir de faire concevoir quelque espérance à cette pauvre et chaste âme brisée.

Lorsqu'il revint, il me raconta cette histoire que je viens de vous rapporter le plus fidèlement qu'il m'a été possible.

— Eh bien ! dis-je à Morin quand il eut fini de parler, je puis sauver madame Samuel ! J'ai un moyen... avec beaucoup d'adresse, nous pouvons réussir... Pour cela, il faut opposer le comte de Merville à madame de Champy...

— Qui n'est autre que cette vieille intrigante qui a figuré dans le procès de madame de Beaulieu ; mais comment? je ne comprends pas quel rapport M. de Merville peut avoir avec la position de madame Samuel.

— Attendez.

— Je vous écoute, dût votre narration durer six jours, comme la création.

— Venez chez moi, repris-je. Il m'est impossible de vous dire cela ici.

— Partons, dit Pierre Morin.

Effectivement, lorsque nous fûmes arrivés, je commençai ma lecture comme vous allez le voir.

Je demande pardon à mes lecteurs de mettre sous leurs yeux cette nouvelle histoire qui semble détachée, mais ils reconnaîtront plus tard que ces sortes de hors-d'œuvre ne sont ici que pour servir à l'intelligence de ce grand drame que j'ai entrepris de dérouler dans cet ouvrage, et dont ceci n'est que le prologue.

XXVIII.

Une Rencontre.

Voici donc ce que je lus à Pierre Morin :

En 18**, les courses de Chantilly eurent lieu le vingt mai. Elles étaient ce qu'elles avaient été les années précédentes, ce qu'elles furent depuis.

Parmi les membres du Jockey-Club, logés à l'hôtel du *Grand-Cerf*, — le comte de Merville se faisait remarquer par la fraîcheur de ses gants, le vernis de ses bottes et la beauté de ses chevaux.

M. de Merville était un homme de trente ans, passant pour riche et menant un train de prince.

Par suite de la manière dont il avait vécu, il était devenu habile à fasciner et à séduire; au contraire de la plupart des gens de la cour *citoyenne*, il avait de l'esprit. — C'était un homme de bonne compagnie, quoiqu'il eût trop d'aplomb et qu'il parût trop sûr de son fait.

Son physique était des plus agréables, ses moustaches relevées, sa main fine et blanche, son pied petit, sa taille bien prise et sa tournure distinguée. — Il avait tout ce qu'il faut pour plaire aux femmes et pour flatter leur vanité; car elles aiment volontiers que les hommes jouent près d'elles le rôle d'Hercule aux pieds d'Omphale. — Et puis, quelques duels heureux dans lesquels il s'était montré tantôt adroit, tantôt généreux, avaient bien placé de Merville dans le monde.

C'était un profond voluptueux. Son cœur habitué à l'amour était sensible au moindre contact. Toutes les jolies femmes le trouvaient galant et prêt à se mettre à genoux. Il les aimait avec une âme de feu et aussi avec un certain sensualisme.

Assez susceptible dans ses moments de délire, il avait trop d'esprit pour s'affliger des rares échecs qu'il essuyait.

Lorsqu'une femme le repoussait, il se trouvait naturellement piqué et n'en avait que plus de courage; puis, lorsqu'il voyait que tout était inutile, il recommençait avec une autre sur de nouvelles batteries.

Ainsi il ne connaissait aucune peine; il avait toujours pris la vie par son bon côté. —

Il est vrai que cet homme heureux avait le talent de plaire à presque toutes les femmes sur lesquelles il jetait les yeux, aux coquettes surtout. — Il était terrible. Avec lui, une femme de cinquante ans n'eut pas été en sûreté !

Sans être un homme absolument remarquable, il avait tout ce qu'il faut pour attirer l'attention. On ne pouvait se rendre compte du charme irrésistible et entrainant de sa personne. Sa mise était toujours des plus élégantes, mais simple et sans prétention. — Tous ces faibles détails plaisent aux femmes sans qu'elles s'en rendent compte. Cela s'explique parce qu'elles fuyent les êtres ridicules. Il vaut mieux, à leurs yeux, qu'un homme ait tué son père, plutôt que de paraître avec un habit grotesquement édifié. Et puis, comme M. Léon de Merville joignait à sa tournure charmante un esprit recherché, un ton exquis, on s'accordait à le considérer comme le type de l'homme aimable et de haute compagnie.

Quant à lui, sans être fat, il connaissait la valeur de son mérite et en était un peu fier. C'est pourquoi, à l'époque dont je parle, il en était venu à ne plus croire à une défaite possible, tant il avait remporté de victoires sur des femmes dont il avait exalté le génie et flatté l'amour-propre, les manies, les goûts et les caprices. Ainsi sa vie n'avait été sillonnée par aucun orage, par aucune de ces profondes passions qui se gravent dans l'âme pour jamais, et y impriment d'ineffaçables traces de leur ravage. — Enfin, il avait su prendre la vie en riant, — et c'est une des plus grandes sciences des âmes sensuelles.

Maintenant je reviens à Chantilly.

C'était le dimanche, à deux heures; le grand rond couvert de mousse frémissait sous les pieds des chevaux, les tribunes étaient garnies de monde.

Un certain duc d'Orléans, entouré de quelques personnages de la cour, présidait la fête; une foule immense se groupait autour de l'enceinte; plus de deux cents cavaliers se promenaient dans le polygone, et les coureurs couraient à merveille.

Dans une des tribunes réservées, en face de celle du jockey-club, se trouvaient le comte Léon de Merville, son ami Gaston et quelques autres personnes : Dreus-Jolin, le banquier Samuel, de Beaulieu, Chabaud de Boir, etc...

Parmi ces dernières étaient deux dames, très belles toutes deux, quoique l'une fut la mère de l'autre. Léon de Merville les reconnut; — c'était madame de Champy et sa fille.

Madame de Champy vieille intrigante fort adroite, était une femme d'un âge discret, veuve, très élégante et passablement rusée. Elle a des yeux extrêmement libéraux.

Sa fille Geneviève était belle comme avait été sa mère, d'une de ces beautés que, pour ma part, et comme artiste, je n'aime pas, — ces beautés frêles et mignones. — Mais ses yeux étaient remplis d'expression; elle avait un certain air de fierté qui lui allait à ravir.

Or, — par un de ces bons hasards dont les romanciers sont prodigues et qui sillonnent quelquefois aussi la vie réelle, — Léon de Merville connaissait madame de Champy. Il avait dansé avec elle chez Samuel et chez le marquis de Lannot, qui donnent, chaque hiver, de si brillantes fêtes.

Il avait même essayé de lui faire la cour en s'amusant. — Il ne paraîtra donc pas étonnant, même aux gens les plus incrédules, qu'ils lièrent conversation ensemble.

C'est ainsi qu'il apprit qu'elles étaient venues seules à Chantilly pour voir les courses, qu'elles avaient eu beaucoup de peine à se loger, et que le docteur Panisset leur avait servi de chevalier.

Léon de Merville se montra très empressé auprès de madame de Champy. Il lui adressa plusieurs compliments; ce qui la fit rougir, — râce devenue rare à son âge.

Enfin vint la course des haies (*gentlemen riders*) dans laquelle les maîtres montèrent eux-mêmes leurs chevaux. Léon de Merville, qui devait courir, prit congé de ces dames avec la courtoisie chevaleresque qui lui était habituelle, et laissa Gaston près d'elles. — Gaston, le plus niais, le plus futile, le plus inoccupé des dandys, n'était pas à craindre; ensuite le comte avait, depuis deux heures, beaucoup gagné dans l'esprit et surtout dans le cœur de la dame entre deux âges. Un instant après il passait fièrement sur son noble cheval qu'il préparait en jouant, à la lutte qui allait s'engager. Six chevaux devaient courir avec lui. Il fallait franchir huit haies et faire deux tours.

La pelouse présentait en ce moment un aspect dont on ne peut donner une idée. Autour des tribunes s'élevaient les amphithéâtres en gradins. Ce tableau animé, saisissant et coloré, se trouvait varié par les grands arbres de la forêt qui couronnaient de loin les têtes des spectateurs. Les coureurs étaient sept chevaux de toute beauté, maigres, fins, allongés. Le point de départ était la tribune des princes. Au signal donné, ils partirent ensemble ou à peu près, montés chacun par leurs maîtres. Au premier tour, deux cavaliers étaient tombés ; trois étaient bien loin en arrière, — on ne pariait plus que pour les deux autres coureurs. La foule était silencieuse et émue, joyeuse toutefois, — de cette joie palpitante qui tient de la curiosité et du désir. Avant d'arriver, les derniers, parmi lesquels se trouvait le comte de Merville, reprirent de l'avance ; — de sorte qu'ils se trouvèrent tous les cinq de front. A trente pas du but, on exécuta quelques fanfares comme pour encourager les chevaux et les écuyers; — c'est alors que ces derniers commencèrent à *tout rendre* et à frapper. Ce fut le comte de Merville qui gagna d'une demi-tête. Il se jeta à bas de son cheval; la musique militaire exécuta une marche triomphale, les amis du comte poussèrent des cris de joie et le prince lui-même daigna applaudir. — Mais il n'entendit pas la musique, il n'écouta pas ses amis, il ne vit pas le prince, il regarda la danseuse de l'hiver. Il aurait donné, une heure avant de courir, la moitié de sa fortune pour gagner; car il savait que c'était un moyen plus sûr encore que toutes les qualités du monde de parvenir au cœur de madame de Champy.

Après avoir fait soigner le cheval qui l'avait si bien servi, il revint près d'elle. — C'est là que l'attendaient ses sourires et ses éloges; — plus précieux mille fois pour lui que tous les applaudissements de la terre.

En effet, elle ne les lui épargna pas, et lui, les accueillit avec la joie d'un homme qui a assez vecu pour savoir qu'une femme qui se passionne pour une action est à la veille de se passionner pour le héros. Elle lui adressa quelques compliments avec le sourire le plus aimable que put comporter son visage.

C'est ainsi que le comte excita les passions mourantes de cette respectable dame dont l'automne commençait à fleurir.

Mais hélas! il est bien dangereux de prendre pour soi, auprès d'une femme mûre, les épines du rôle d'écuyer!...

A six heures, on se retira; et l'on se donna rendez-vous, le soir, au château.

Rien n'est plus magnifique et d'un effet plus prodigieux que le palais de Chantilly, entouré d'eau et de bois.

A sept heures, il était illuminé de manière que, de l'autre côté du rivage, c'est-à-dire sur la route, il était facile d'en voir jusqu'aux moindres détails. — Chantilly est superbe à voir ainsi, la nuit, par un blanc clair de lune.

Les lumières du château se reflétaient dans l'eau d'une manière merveilleuse, y adoptant mille formes bizarres et fantastiques.

Vers huit heures commença, sur les pièces d'eau qui l'environnent, un concert délicieux. Il est impossible de rendre l'effet magique et incroyable que produisaient ces barques illuminées et chargées de fleurs, qui se promenaient au milieu de trois grands bateaux où se trouvaient l'orchestre et les chœurs de l'opéra. Chacun était enchanté du goût exquis qui avait présidé à cette fête, d'un aspect si nouveau. Le château prenait des formes gigantesques, ses fenêtres paraissaient avoir grandi, et ses illuminations se baignaient splendidement dans l'eau.

Le palais de Chantilly n'est pas une de ces demeures royales froides, immenses, monastiques. C'est un chef-d'œuvre d'élégance, de finesse et de détails qui reportent, par la pensée, aux beaux temps de Louis XIV ; — temps des amours, des jalousies, des costumes, des richesses, où l'art se surpassait, parce qu'il était encouragé.

A neuf heures, on tira sur le lac un feu d'artifice ravissant, puis ensuite il y eut un grand bal qui dura jusqu'à trois heures du matin.

Le comte de Merville dansa beaucoup avec madame de Champy et ne manqua pas de lui parler de son amour. Elle l'écouta avec une retenue et une pudeur charmantes pour son âge; mais encore avec une émotion qui n'échappa point au comte de Merville.

— Voilà une journée et une nuit qui ne sortiront jamais de ma mémoire, lui dit-il...

Ce qui la fit rougir beaucoup et se servir

de son éventail pour se donner une contenance.

Le comte était un serpent amoureux! Il avait pour habitude d'entourer les femmes de ces paroles luxueuses et dorées qui, comme les regards du tigre, fascinent et enivrent. Aux jeunes filles il parlait du ciel, et de l'avenir si bleu, si brillant; — aux femmes il parlait de leur beauté, et de l'innocence des jeunes filles qu'il tournait élégamment en ridicule.

Près de madame de Champy, il marcha donc sur les tendres et blanches fleurs des amours candides et promis de Dieu; il plaisanta l'inexpérience de ces enfants, et vanta les femmes raisonnables. Et cela avec tant d'art et d'esprit, que madame de Champy en fut charmée. — Ce genre de conversation plaît en général à l'imagination des femmes, assez portées à se passionner pour qui sape les ridicules.

Ah! si elles savaient les indignes ruses que les hommes emploient pour les séduire, et les cyniques propos qu'ils tiennent lorsqu'ils ont triomphé de leur pudeur! Si elles savaient comme elles sont jouées et trahies!

Quand la fête fut terminée, M. de Merville reconduisit ces dames jusqu'à leur équipage, non sans se permettre de presser la main à madame de Champy, qui la retirait vivement, — et la lui rendait tout aussitôt. C'est ainsi que certaines mères donnent un bon exemple à leurs filles!

Il avait été convenu que les dames de la fête suivraient la chasse dans leurs voitures, tandis que de Merville, ainsi que toute la ménagerie de *lions* venue du boulevard de Gand, galopperait à la suite du prince et de la haute domesticité du château.

Le lendemain, à onze heures, — on se mit en route. — Les voitures de la cour étaient en tête, puis venaient différents équipages, et parmi ceux-ci, la calèche de madame de Champy, — près de laquelle se tenait de Merville.

Il était scrupuleusement vêtu du costume de chasse : habit bleu à collet rouge, culotte de peau jaune, casquette de velours noir, bottes à l'écuyère.

Il montait le cheval qui avait été vainqueur la veille.

On se dirigea au pas par la longue allée qui mène à *la Table*. Là, on fit une halte; Chabaud de Boir et le premier piqueur partirent au galop, avec une centaine de cavaliers, vers la *butte des Gendarmes*, — où les chiens et les piqueurs relançaient le cerf.

Alors, arrivèrent le duc d'Orléans et ses lâches courtisans. — Ils se mirent en tête, et l'on continua à marcher en attendant des nouvelles. Pendant ce temps, Léon de Merville, accompagné de son fidèle Gaston, disait à madame de Champy et à sa fille de ces riens aimables qui, mieux que des vérités, le faisaient trouver plein de grâces. Cette promenade était égayée aussi par mille quolibets, mille traits d'esprit, car il y avait là, avec les *lions*, des journalistes, des artistes et des gens de lettres... Dreus-Jolin, par exemple.

Le temps était magnifique. — De joyeuses brises soufflaient dans les arbres et rompaient en visière avec la chaleur du soleil. — Après deux heures de marche, on reçut la nouvelle que le cerf courait aux étangs. — Les voitures prirent le trot et coupèrent par le chemin le plus court. — Les cavaliers piquèrent des deux et s'élancèrent dans la direction indiquée. M. de Merville fut un des plus intrépides. — Lorsqu'ils arrivèrent à la Butte, le cerf, poursuivi par la meute, galopait à toutes jambes. Les chevaux le suivirent, franchissant comme lui les monticules, les haies, les buissons et les mares d'eau.

Enfin, il se jeta dans l'étang qui baigne le

château de la *Reine Blanche*, devant lequel étaient rangés depuis une demi-heure les voitures et les piétons.

Un spectacle délicieux s'offrit alors aux yeux des amateurs. Le cerf, serré de près par les chiens qui nageaient à ses côtés, faisait tous ses efforts pour leur échapper. Il finit par se réfugier au milieu des roseaux, où, voyant son triste sort, il se mit à sangloter piteusement. Les dames demandèrent sa grâce, mais elle ne fut point accordée, attendu que le prince avait promis pour le soir même la curée aux flambleaux. Une barque, montée par quatre gardes-forestiers, fut donc lancée à sa poursuite, et le cerf, traqué de toutes parts, d'un côté par les chiens, d'un autre par les cavaliers, et au large par la barque, se laissa blesser, puis prendre par son bois et noyer dans l'étang. — Ce ne fut point là le plus brillant de la fête.

Ensuite on le mit dans la barque, qui nagea à force de rames, et chacun étant fatigué, on regagna Chantilly comme on était venu, sans avoir à déplorer d'autre accident. Le soir, il y eut, dans la cour principale du château, une boucherie sanglante que l'on appelle *curée*. — Les chiens dévorèrent le cadavre du pauvre cerf qui avait tant pleuré. Au résumé, cela amusa beaucoup de monde.

Et le lendemain, cette foule de curieux regagnait Paris en riant.

XXIX.

Il est toujours imprudent de courir après deux lièvres à la fois.

La société que reçoit madame de Champy, dans ses salons du faubourg Saint-Honoré, pour être mêlée n'en est que plus divertissante; on y voit les artistes distingués et les sommités de toute sorte, politique et littérature. On pense bien que la finance, si puissante aujourd'hui, ne manque pas de s'y donner rendez-vous. Cette réunion bizarre sans doute, se trouve toutefois égayée par son excessive diversité : car si d'un côté les gros financiers parlent de leur or, si les hommes politiques font les importants et laissent échapper sérieusement de grandes *énormités*, d'une autre part, les artistes égayent et réparent ces sottises, par quelques-unes de ces fines et mordantes plaisanteries, — si délicieuses lorsqu'elles ne blessent pas.

Or, huit jours après cette fête — à onze heures du matin, — un jeune homme, et une dame mûre étaient assis l'un près de l'autre sur le canapé d'un boudoir, qui donnait sur des jardins.

Ce boudoir était celui de madame de Champy, c'était elle qui était assise sur le canapé, et c'était Léon de Merville qui était près d'elle. En huit jours il s'était passé beaucoup de choses entr'eux. — Ceci paraîtra étonnant à quelques-uns, mais naturel au plus grand nombre, si vous daignez vous rappeler l'éloquence du comte en matière de sentiment, et la tendre disposition de madame de Champy à l'écouter.

Si j'ai négligé de vous raconter comment cela arriva, c'est que cet événement n'est qu'un incident secondaire; et puis il est toujours temps de réparer cette faute, C'était donc trois jours après les courses de chantilly; — madame de Champy avait accordé au comte de Merville, un rendez-vous chez elle. — Quand on est aussi vieille, c'est un guet-à-pents. — Sa fille était allée au spectacle avec quelques personnes de ses amis, et un vieux parent. Le comte et la vénérable dame se trouvaient précisément dans le boudoir violet.

Les fenêtres du balcon étaient ouvertes et

le vent frais de la nuit apportait les suaves arômes des fleurs et de la verdure.

Il y avait une demi-heure qu'ils étaient ensemble, se disant de douces choses, et Léon de Merville allait peut-être se jeter aux genoux de la mère de Geneviève, — ce qui eut été bien classique, — lorsqu'une heureuse idée lui traversa l'âme.

Il lui proposa de faire un tour au jardin. Elle était palpitante et émue; elle accepta. — Ils se promenèrent longtemps, car le temps était superbe et il faisait clair de lune. Or, vous savez ce que l'on fait, quelquefois, le soir, au clair de la lune; et madame de Champy regardait le comte de certaine façon qui pouvait l'engager à risquer quelques tentatives sur sa vertu.

Donc le comte était familièrement assis près de madame de Champy qui paraissait attentive à épier l'expression de sa figure.

— C'est ce soir que je donne mon dernier

bal, lui dit-elle, vous y viendrez, n'est-ce pas?

— Non, répondit le comte, j'en suis désolé, mais cela m'est impossible.

— Oh! vous viendrez, j'en suis sûre, puisque cela me fait plaisir, reprit cette vénérable antiquité.

— Je vous jure, ma chère amie, que je ne le pourrai pas. Une affaire des plus graves... des plus importantes...

Madame de Champy se pinça les lèvres. Un peu de dépit mêlé à une certaine dose de jalousie, et par conséquent d'égoïsme, entrait dans son cœur de femme.

En effet, le changement qui s'opérait d'ordinaire chez le comte perçait malgré ses efforts, et cette dernière victime s'en apercevait : car, par une des bizarres particularités que l'on remarque dans les caractères, cet homme était avant le triomphe, le plus humble, le plus tendre, le plus empressé des galants, osant à peine solliciter la moindre faveur, comme un serrement de mains; — mais après qu'on lui avait donné son cœur, lui-même laissait trahir son regret d'avoir donné quelque chose du sien, — surtout lorsque, comme madame Champy, on avait quarante ans sonnés. Elle continua ainsi, afin que son dépit n'échappât point au comte : — Vous êtes peut-être amoureux...

A cette attaque directe, le comte répondit par une fausse défaite :

— Qui voulez-vous donc que j'aime, madame, si ce n'est vous?...

Le compliment, promptement trouvé, fit fortune près de la Champy, et son bonheur fut au comble, lorsque Léon de Merville lui assura qu'il viendrait à sa fête vers une heure du matin.

Ils se quittèrent meilleurs amis que jamais. Il faut vous dire que de Merville avait conçu un amour violent pour Geneviève, si pure, si jeune, si délicate.

Un sourire de la fille de madame de Champy lui semblait préférable à tout. Il avait dompté la mère et il lui cédait par amour pour sa fille.

Ce calcul, passablement dépravé, est un de ceux qui ont quelques succès de nos jours. Ils sont fort à la mode. Le comte avait promis de venir au bal, mais c'était un grand sacrifice que l'amour et la ruse imposaient à sa position. La plupart de ses soirées il les passait chez Juliette dans ce tripot élégant et clandestin, — autorisé secrètement par la police, — où il s'efforçait de ressaisir une fortune que le désordre de sa vie et ses ruineuses dépenses avaient singulièrement délabrée. Quelquefois il gagnait, d'autrefois il perdait ; — en somme il avait, — comme pour faire mentir un certain proverbe, — de la chance au jeu comme en amour.

Ce soir là, il devait se rendre, à neuf heures, à ce cercle d'où l'on se retirait rarement avant le jour ; c'était donc trois ou quatre heures qu'il allait perdre pour madame de Champy... ou plutôt pour Geneviève.

Il ne pouvait rester oisif. — Du reste son énergie était susceptible de mener de front les affaires et l'amour; aussi n'ignorait-il aucun détail de la vie exigeante, précaire. Il avait éprouvé en grand les besoins que les pauvres éprouvent en petit ; — et il n'aurait pas voulu pour tout au monde que l'on soupçonnat ses gênes ; d'ailleurs elles n'étaient que momentanées, et les trous de sa fortune étaient aussitôt comblés que faits, ce qu'il accomplissait avec un rare bonheur et une prodigieuse présence d'esprit.

Ce soir là donc, le comte de Merville se rendit au jeu avec Gaston ; et il gagna.

XXX.

On ne Danse pas toujours au Bal.

Lorsqu'à minuit Léon de Merville descendit de son élégant équipage, devant l'hôtel de madame Champy, les salons étaient envahis par une foule de beautés choisies.

Madame de Champy était très pâle ; chacun

l'avait remarqué. A son âge, on ne sait plus dissimuler; l'instinct de l'amour se meurt. Elle attendait impatiemment de Merville.

Lorsqu'il entra, le teint de cette dame reprit sa couleur accoutumée, — ce que l'on ne vit pas sans faire quelques réflexions désobligeantes. Quand vous recevez chez vous deux cents personnes, il y en a toujours cent quatre-vingts qui épient vos moindres actions pour les ridiculiser.

Ce fut bien pis quand l'on remarqua que le comte ne dansait qu'avec madame de Champy ou avec sa fille.

Les vieilles demoiselles qui n'avaient jamais pu se marier, soit parce qu'elles avaient été trop difficiles, soit parce qu'on l'avait trop été à leur égard, insinuèrent qu'il était plus lié avec la maîtresse du logis que cela n'était convenable. — Rendons pourtant cette justice à quelques jeunes femmes qu'elles dirent qu'il était amoureux de Geneviève. C'est que les jeunes femmes ont un sens de plus que les vieilles demoiselles.

Mais en dansant avec Geneviève, Léon de Merville se trouva plus ému que n'aurait dû l'être un amant aussi consommé. Il osait à peine lui parler; — bien plus, il ne lui dit pas un mot aimable. Il fut poli, et voilà tout. La prudence naturelle aux gens de son espèce entrait pour beaucoup dans cette sage réserve. Il ne fallait pas brusquer ce jeune cœur; il devait s'attendrir et vibrer doucement. Il était trop pur pour qu'on cherchât à l'étourdir par quelques unes de ces phrases consacrées que les gens de lettres sont toujours prêts à porter à leurs éditeurs, (quand ils en trouvent).

Geneviève devait être traitée autrement. Et puis, avouons-le à la louange du comte, il croyait l'aimer, ce qui fait qu'il se méprisait profondément. C'est pour cette raison que la passion qu'il avait vouée dans le principe à madame de Champy, de vaniteuse qu'elle était, devint spéculatrice.

Mais cette nuit-là fut marquée par un de ces événements naturels, mais dramatiques, qui n'arrivent que trop souvent dans les livres, et que l'on arrange trop souvent aussi dans la vie réelle.

Comme le comte sortait avec Gaston, il entendit rire derrière lui deux jeunes gens, dont l'un disait en le montrant :

— Comme *M. de Champy* paraît heureux !... Le bras et le cœur de cette bonne femme sont devenus sa propriété exclusive. Je dirais que c'est une folie, sans le respect que je dois à la maturité de cette dame.

Comme je fus témoin de cette scène, je puis la raconter avec la prétention d'être cru.

De Merville se retrancha derrière un buffet qui se trouvait là, et donna sa carte à Gaston en le priant de la porter au jeune homme qui avait ainsi médité sur son compte et sur celui de madame de Champy.

Un peu étonné d'abord, puis troublé de se voir l'objet de l'attention générale, celui-ci renvoya la sienne au comte. Il y avait écrit dessus : *Le marquis de Louvagny, rue de Varennes.*

C'était un de ses camarades de collége. Lorsque nous fûmes sortis, le marquis de Louvagny me dit :

— Une affaire importante m'oblige à demander à M. de Merville un délai de quelques jours. Voudrez-vous aller demain chez lui de ma part.

J'y fus effectivement le lendemain matin. Le délai fut accordé. Sur ces entrefaites, madame de Champy et sa fille quittèrent Paris pour aller habiter, pendant quelques mois, une petite ville de Normandie, où elles avaient une propriété. Le comte de Merville les accompagna, toujours suivi de Gaston, — qui était bien le plus nul, le plus insignifiant et le meilleur des hommes. Le comte poursuivait le pâle fantôme de son véritable amour pour Geneviève avec cette persévérance, qui, bien conduite, est un demi-succès. Il concevait d'immenses espérances ; mais comme tous les hommes adroits, il était patient et comptait sur le temps pour les voir se réaliser. — Mais le temps lui manqua. — Cette fois il devait souffrir.

Il passa une semaine chez madame de Champy, pendant laquelle il ne négligea rien pour se concilier son cœur et son esprit. — C'était le point capital. — La mère aimée, ne pensait pas qu'il aimât sa fille. — Il fallait à tout prix éloigner le soupçon avant même qu'il se présentât. — En cela, le comte réussit à merveille. Souvent il se rendait, la nuit, près d'elle au moyen de la clé du jardin.

Gaston, pendant ce temps, s'efforçait de faire l'aimable avec Geneviève. Mais il y renonça bientôt; Geneviève ne s'aperçut même pas qu'il avait essayé de lui plaire.

Le comte de Merville ayant reçu une lettre d'un de ses témoins qui lui disait que le marquis de Louvagny était à sa disposition, il partit en promettant de revenir dans une quinzaine de jours, et emmena Gaston. Il oublia de rendre la clé du jardin.

Laissons-le courir vers Paris où l'attend un duel, et voyons maintenant ce qui arriva dans la famille pendant son absence.

XXXI.

Une Comédie en Province.

La petite ville de Bayeux, située sur les côtes de la Normandie, est une de celles qui ont conservé une dernière teinte de cette poésie sauvage, dont certaines âmes sont avides, et que l'on s'efforce de chercher constamment là où son existence est impossible.

Bayeux est à un quart de lieue de la mer; ses grèves jaunes et solitaires, battues sans cesse par les vagues, se trouvent dominées par quelques rochers rouges, couverts de lianes.

Rien n'est plus beau que les effets de lumière sur ce port tranquille et presque ignoré. — C'est là que, le soir, on voit les longues robes blanches des vagues se dérouler à l'horison, et mille couleurs fantastiques se balancer dans l'air comme les mânes fugitives des marins que la mer n'a jamais rendus.

Et ce beau spectacle se renouvelle chaque soir pour mourir chaque matin, — assez semblable aux espérances de la terre.

Tout près de la plage, se trouvaient deux habitations pareilles et d'un effet merveilleux. Hautes également d'un seul étage, elles apparaissaient au loin comme deux sœurs au milieu des brumes du ciel.

L'une était celle de madame de Champy, l'autre celle de M. Tiverval.

Chaque été, M. Arthur Tiverval faisait sa cour à madame de Champy, afin d'obtenir la main de sa fille, et chaque été elle lui était promise. Tiverval, auquel madame de Champy montrait tous les huit mois Geneviève, éprouvait un supplice assez semblable à celui de Tantale; avec cette différence cependant, qu'étant riche, M. Tiverval était le seul prétendant du pays, et ne soupçonnait pas qu'à Paris un essaim de jeunes gens convoitait celle qu'il aimait. Lorsque ses voisines furent installées, avec leurs équipages, à Bayeux, il s'empressa d'aller leur présenter ses hommages; ensuite il prit madame de Champy à part et lui réitéra sa demande.

Cette fois, elle l'accueillit mieux que jamais, et s'engagea par des promesses formelles. Elle pensait que ce mariage la rendrait entièrement libre, en la débarassant de tout soin, de toute surveillance. Elle calculait encore, en femme adroite, que Geneviève ne serait pas malheureuse avec un tel mari. Il était si riche !

En huit jours, le mariage eut lieu à Bayeux ; les formalités furent abrégées et le sacrifice consommé. Madame de Champy l'avait voulu ainsi, afin que l'on ne se moquât pas trop de son genre dans la société ; — ce qui fut arrivé si l'on se fût marié à Paris. Tiverval s'était laissé conduire pas sa belle-mère ; d'ailleurs il rendait au monde en indifférence ce que celui-ci lui prodiguait secrètement en raillerie.

Sa physionomie ne manquait pas de distinction ; — mais on voyait que ce jeune homme n'avait essuyé encore aucun orage, comme aucune grande passion.

Sa vie avait toujours été simple et même plus naïve qu'elle n'aurait dû l'être. Son caractère, naturellement emporté, ardent, s'était insensiblement jeté dans une voie paisible, par suite de la tranquille éducation qu'il avait reçue. Enfin, sans être précisément bête, Arthur en avait l'air, — ce qui est pire. Rien n'était venu provoquer son énergie ou conjurer ses passions; faute de mouvement, elles s'étaient endormies, au point de ne plus paraître à craindre. Élevé par son oncle, ancien évêque retiré à Bayeux, qui lui avait laissé toute sa fortune, il n'avait jamais soupçonné les délires et les plaisirs d'une vie inquiète et précaire.

Aucune occasion ne s'était présentée à lui de développer les ressources que l'homme pauvre et actif sait déployer à l'infini. Sa nature de jeune homme s'était engourdie; l'existence lui semblait une chose agréable, et c'était tout; — jamais il n'avait senti son âme. Il est vrai qu'il était bon; — mais il n'était pas ému en faisant une bonne action.

Rien ne l'exaltait, rien ne pouvait le transporter. Il ne sortait jamais d'une rêverie froide, même envers lui-même. Il ne s'extasiait pas devant un rayon de soleil, il ne s'arrêtait pas pour écouter un oiseau chanter, — ainsi que cela m'est arrivé tant de fois dans mes voyages.

Il trouvait toute la nature belle en général, mais il ne distinguait rien en particulier.

Le sentiment de l'art lui était inconnu. Avec une âme sensible, il ne savait pas rêver, il lui manquait un certain sens. — Il aimait bien un peu sa femme, comme sa compagne, mais bourgeoisement, sans poésie ; il ne savait pas l'apprécier. Entre sa mère et son mari, la belle Geneviève n'était point heureuse. Car sa mère, en venant à la campagne, l'avait brusquement sevrée des plaisirs parisiens, et son mari, qu'elle eût peut-être été assez disposée à aimer, prenait de jour en jour des formes plus prosaïques qui la désillusionnaient de ses beaux rêves de jeune fille. Souvent, depuis son mariage, elle s'était prise à réfléchir et à s'écrier en regardant *son Arthur* :

— N'est-ce que cela, mon Dieu ?.. Est-ce là tout le bonheur que j'attendais ?

Actuellement, je vous demande la permission de revenir au comte de Merville. A son arrivée à Paris, il trouva les choses préparées pour le duel. En ma qualité de témoin de Louvagny, je puis vous dire que le comte alla sur le terrain avec son ancien camarade qui le jeta par terre et le laissa pour mort. Lorsque Gaston vit son ami gisant ainsi sur le terrain, il le chargea sur ses épaules, le porta dans sa voiture, et le ramena chez lui, croyant n'avoir plus qu'à le faire enterrer. Mais le comte n'était qu'évanoui. — Quand il revint à lui, il avait la fièvre ; il s'aperçut qu'une balle lui avait frappé la poitrine. A ses côtés étaient Gaston et le marquis de Louvagny. C'était par une de ces délicieuses matinées qui font rêver de l'Orient, de ses divans, de ses femmes de ses tabacs.

— Que s'est-il donc passé ? demanda le comte.

— Pas grand'chose, répondit Gaston.

— Est-ce que j'ai tué ce pauvre Louvagny? ce serait d'une insoutenable maladresse!

— Non, vous ne m'avez pas tué, dit celui-ci en prenant la main du malade.

— Ah bah!... c'est donc moi qui suis mort? reprit le comte.

Il fut malade un mois environ. Pendant ce temps, madame de Champy lui écrivit une lettre. Gaston lui répondit que de Merville ayant été malade, et l'étant encore, ne pouvait lui répondre lui-même; mais qu'ils iraient bientôt à Bayeux, afin de profiter de son aimable invitation. Quelques jours après, le comte de Merville était sur pieds. Comme il allait se disposer à partir pour Bayeux avec Gaston et le marquis de Louvagny, il reçut un pli conçu en ces termes :

MONSIEUR,

« MADAME VEUVE DE CHAMPY, A L'HONNEUR » DE VOUS FAIRE PART DU MARIAGE DE SA FILLE, » MARIE-GENEVIÈVE DE CHAMPY, AVEC M. ARTHUR » TIVERVAL. »

— Tiverval ! fit dédaigneusement le comte de Merville. Qui est-ce qui peut s'appeler ainsi?... Et comment ose-t-on, quand on s'appelle Tiverval, prendre le nom d'*Arthur?...*

— Le fait est que le nom est passablement bourgeois, crut devoir ajouter le marquis du bout des lèvres. Ce mari doit être....... Cela me suggère une pensée philosophique : Les maris sont partout les mêmes...... comme la lune, ils ont leurs révolutions.

— Eh bien! partons-nous toujours pour Bayeux? demanda Gaston.

— Nous partons plus que jamais, répondit le comte, en prenant l'attitude téméraire de Josué prêt à arrêter le soleil.

Puis, quand il fut resté seul avec Gaston, il lui dit :

— Tant que Geneviève était jeune fille, j'étais disposé, dans l'héroïsme de mon amour, à ne lui demander aucune preuve matérielle d'amour. Cette vertueuse pensée offrait, — comme la plupart des pensées de ce genre, — une perspective assez aride. En amour comme en politique on ne combat que pour un résultat réel et palpable; mais maintenant qu'elle est mariée!.... c'est différent!.... Il en est encore de même en amour et en politique, il est permis d'être intrigant. Rien ne doit être plus élastique que la conscience. Les principes eux-mêmes doivent se relâcher indéfiniment..... Il faut être toujours éveillé, toujours à la piste des moindres incidents et guider adroitement sa barque au milieu des écueils.

— Tu réussiras, s'écria Gaston avec l'enthousiasme que commande l'admiration; la fortune n'obéit qu'aux mains vigoureuses et habiles. — Pour être fort, il faut arriver à temps.

— Hélas! ce Tiverval est arrivé trop tôt!.. soupira le comte.

Puis se ravisant :

— Bah! tant pis! s'écria-t-il; je connais assez Geneviève pour espérer encore. Nous devons prendre les femmes par l'esprit et l'affectation. Il faut feindre de les trouver très ordinaires, afin d'exciter leur jalousie, leur haine même. Cela vaut toujours mieux que de l'indifférence. De la haine à l'amour, il n'y a qu'un pas. Puis, quand on les possède, il faut les traiter souvent durement. Ce conseil à l'air féroce, mais suis-le, et tu m'en diras des nouvelles.

Gaston écoutait ces maximes avec le bonheur d'un homme nul. Il apprenait par cœur les leçons du comte de Merville, et s'appliquait, à son exemple, à mépriser les femmes.

Comme j'étais arrivé à cet endroit de mon récit, Pierre Morin s'anima extrêmement, et me dit : — Mon cher ami, de tous les préjugés, le plus sot, le plus lâche et le plus contraire à notre bonheur, est la mauvaise opinion des femmes. Cet athéisme est propre aux hommes qui ont abusé des plaisirs peu choisis que procurent les filles égarées. Chacun peut avoir sur ce sujet l'opinion qui lui convient. Mais celui qui fait gloire de ces railleries est toujours un imbécille, — et souvent pire. Il y a une présomptueuse folie à juger toutes les femmes de la même manière.

Ici Pierre Morin sortit de son sein le portrait d'Hermance :

— Vous le savez, madame, ajouta-t-il avec feu, vous le savez, je vous ai trop aimé, pour ne pas honorer toutes les femmes en général. Ah! si vous aviez pu devenir l'avocat de cette cause sainte, je suis sûr que vous auriez mis dans la balance quelques paroles que le vulgaire ne sait pas!

Vous auriez dit : — Je suis femme, mes amis, et j'en connais quelques-unes qui sont aussi fidèles à leurs amants que la Vierge l'est à Dieu. N'ayez aucun mépris pour nous.....

Je croirais que votre cœur ne bat plus. Souvenez-vous de votre mère, de votre sœur, et des jeunes filles dans les yeux desquelles vous n'avez dû puiser que de la tendresse.

Voilà ce que vous auriez dit, pauvre âme, à ces enfants perdus, dont les lèvres fragiles et tremblantes commencent seulement à épeler la légende céleste qui est l'amour avec le désir insensé d'en avoir parcouru tous les feuillets.

En parlant ainsi, Pierre Morin regardait le portrait de sa femme avec une émotion qui tenait de l'amour et de la douleur.

Mais cette émotion dura peu, et comme honteux de l'avoir laissé voir, il reprit d'une voix mieux assurée : — Pardonnez-moi.... ami... et continuez.

Et je repris ma lecture.

XXXII.

Tentatives de Séduction.

— A quelques jours de là, un matin de ce délicieux printemps, dans un salon meublé simplement, se trouvaient madame de Champy, qu'on aurait pu prendre pour un vieux tableau de famille, — sa fille et son gendre.

— Notre monde arrivera probablement aujourd'hui, dit-elle.

— Je l'espère, dit la jeune femme qui s'ennuyait profondément.

— Avez-vous vu mes faisans? interrompit Arthur Tiverval, qui était occupé à attacher au bout d'un bâton un de ces voiles de gaze avec lesquels on attrape les papillons maladroits.

Madame de Champy haussa les épaules, Arthur s'en alla au jardin, et Geneviève prit un livre qu'elle laissa bientôt pour se mettre à son piano.

Enfin, la société attendue arriva. Elle fût très bien reçue.

Le comte de Merville surprit Geneviève devant son piano; — elle faisait entendre quelques-uns de ces sons magiques qui s'éparpillent çà et là comme des perles fines, dans les albums de Masini et de Loïsa Puget.

Le comte fut charmé d'entendre cette voix délirante, — car il savait que la voix est un des plus suaves parfums qui puissent émaner d'une femme.

Madame de Champy le revit avec bonheur, et une larme de regret tomba dans le cœur de celui-ci, lorsqu'il vit Geneviève pâle, atterrée. Mais comme le fond de son caractère était une cynique philosophie, il se consola par l'espoir d'en être aimé. Cette fois, il sentit en lui une certaine poésie qu'il n'avait fait que soupçonner jusque là; — et il aima Geneviève d'un amour qui lui était inconnu.

Mais il savait combien il serait difficile, en supposant qu'il fut assez heureux pour la subjuguer, d'échapper à la surveillance jalouse de madame de Champy. Toutefois, en homme déterminé, il se prépara au combat.

Tandis qu'il s'apprêtait à déployer toutes

ses capacités de séducteur et d'homme à bonnes fortunes, adroit et intelligent, le marquis de Louvagny, peu soucieux de l'amour dont il s'était enivré et lassé trop jeune, s'amusait aux dépens de la bonhomie de Tiverval. Gaston les accompagnait à la chasse aux insectes, à la pêche et dans leurs promenades en calèche ; exercices pour lesquels Tiverval avait dénoté, dès son jeune âge, les plus brillantes dispositions. — Il est vrai qu'il se montrait moins heureux lorsqu'il s'agissait de monter à cheval, ou d'aller en canot faire une promenade en mer. — Le comte de Merville devait avoir quelques succès près de Geneviève, parce que celle-ci subissait les ennuis d'une vie terne et désabusée. Elle avait rêvé le paradis de l'amour, et la réalité lui avait ri malicieusement au nez. Elle sentait tout le bonheur qu'il y a à vivre par un autre, à tenir à la vie par une affection de poële, par des émotions doublement infinies. Elle eût voulu un mari aimant, prévenant, ambitieux, afin de s'élever avec lui et de grandir dans son amour. Ou bien, elle eût voulu un mari victime, parce qu'alors elle l'eût consolé. Comme toutes les créatures privilégiées, elle avait besoin de protéger ou de l'être. — Tandis que l'affection de Tiverval était trop bourgeoise, pas assez exaltée, pas assez mystérieuse ; — son matérialisme n'était pas assez dissimulé.

Il y a cent sortes de maris, qui sont appelés à être trompés. Mais il y en a principalement trois espèces saillantes ; ce sont :

1° Les débauchés qui épousent de pauvres jeunes filles et les souillent de leur dépravation, qui, impuissans pour s'élever jusqu'à leur chaste amour, trouvent plus commode de ternir la blancheur de leurs ailes d'anges.

2° Les jeunes innocents qui épousent les vieilles femmes des autres, et se laissent gouverner par elles avec un aveuglement par trop naïf.

3° Ceux qui, se sentant inférieurs à ces femmes vertueuses dont nous avons parlé plus haut, ne peuvent s'élever à leur niveau et s'en éloignent d'autant plus qu'ils leur élèvent un piédestal.

Dans le premier cas, la femme corrompue par son mari, le méprise et rêve un amant.

Dans le second, elle est souveraine.

Dans le troisième, elle est indifférente, ce qui est souvent pire.

Ces trois positions ne manquent pas de s'aggraver chaque jour au profit du premier célibataire assez hardi pour s'offrir et pour en profiter.

M. Arthur Tiverval peut être facilement classé dans la troisième série de ces époux menacés de la plus malheureuse et de la moins intéressante des catastrophes.

Tiverval était donc trop calme, trop froid, trop impassible, trop possitif. Geneviève ne l'aimait pas, et cela se conçoit. Une femme qui a dans le cœur un océan de tendresse et ne trouve à la reverser sur personne, souffre de son superflu d'existence. Ce supplice peut-être comparé à celui d'un peintre auquel on couperait les doigts, et qui se sentirait plein de génie et de conceptions. — Geneviève aurait voulu avoir un intérêt à vivre, — lequel intérêt eut étendu les fibres de son âme. Elle aurait voulu être émue par les notes d'un piano, par un regard, dans un de ces moments où le bonheur palpite sous une paupière. Elle aurait voulu mourir sous un regard plein d'ivresse. Et cela parce qu'elle était romanesque, parce que sa nature passionnée avait besoin d'émotions; parce que sa jeunesse la portait à se nourrir des richesses de l'amour. La vie mesquine que son mari menait, comme la pâle affection qu'il lui avait vouée, légitimait pour ainsi dire, cet amour étrange qu'elle soupçonnait vaguement. — Tiverval était froid et poli, son cœur ressemblait à un chapeau de toile cirée sur lequel l'eau glisse sans pouvoir le mouiller. — Les larmes de la poésie n'avaient pu le pénétrer. Ce n'était pas sa faute; il était organisé mécaniquement. — Que voulez-vous? Il n'était pas né poète. — Si tout le monde avait de l'esprit, il y aurait du mérite à n'être qu'une bête; d'ailleurs, on peut-être heureux sans cela. — Voilà pourquoi Geneviève, tout en restant sage, subissait l'influence de cette fièvre du cœur. Elle en souffrait mortellement; avec une organisation comme la sienne un mari niais et bourgeois la désolait. — Et malgré cela, rien ne lui manquait. Aux yeux des gens qui ne se penchaient pas sur ses blessures elle avait tout ce qu'il faut pour être physiquement heureuse. Mais pour elle, le bonheur matériel était peu de chose, parce qu'elle avait une âme. — Et je vous le dis, il est bien des personnes dont l'âme n'a jamais vibré!... Pauvre femme! Je le repète, on la croyait heureuse. — Si elle avait eu l'imprudence de se laisser courtiser, elle eut été blamée par les vieilles demoiselles, les filles bossues, les dames qui ne sont pas jolies, celles-là surtout qui l'ont été, enfin par toutes les créatures mises à la réforme par la passion, et, par conséquent enrégimentées sous le drapeau de la vertu.

Cette félicité était donc insuffisante à Geneviève, car le bonheur dont on jouit n'est jamais aussi complet que celui que l'on a rêvé! Il lui manque le mystère de l'espérance.

Comme madame Tiverval était dans cette disposition, le beau et séduisant de Merville s'offrit à elle. Il ne négligea pas une occasion d'être aimable. Tantôt spirituel et enjoué, il était quelquefois tendre et mélancolique. Ce contraste plait beaucoup aux femmes, assez portées à s'attribuer ce désorde de l'intelligence. Geneviève, pure et chaste créature, s'effraya de penser autant à de Merville; — elle se le défendit même dans un de ses élans vers le bien. C'était le plus sûr moyen d'y penser toujours. Et puis pourrait-elle résister aux entrainantes séductions du comte de Merville, si brillant, si beau, si spirituel? Pouvait-elle ne pas pleurer avec lui quand il avait l'adresse de lui parler d'amour avec un accent plein de sanglots, — comme celui d'Orosmane?...

Un jour, il arriva que madame Geneviève Tiverval et le comte de Merville se trouvèrent seuls, au jardin, près d'un bosquet. — Ils s'étaient levés tous deux pour respirer l'air frais du matin et assister au lever du soleil; — ce qui, au bord de la mer, est d'un grand et imposant effet.

Par hasard ce désir leur était venu à tous deux le même matin. Tout le monde dormait; — aussi de Merville se promit bien de profiter de cette occasion. — Geneviève était engageante sous son peignoir blanc, négligemment serré à la taille.

De ce peignoir blanc sortait un pied de Cendrillon dont le bas de soie, aussi aérien qu'un fil de la vierge, laissait voir toute la perfection. Je vous ai dit que la matinée était belle; — ce qui ne dispose pas peu à l'amour. La nature présentait un aspect joyeux. Les arbres étaient de la plus belle couleur de l'espérance; les oiseaux chantaient de douces promesses sur les branches vertes; le ciel semblait regarder la terre avec protection, — la terre et le ciel paraissaient égayés par une allégresse divine. L'air était imprégné de jeunesse et de bonheur. Une douce senteur de feuillage montait dans l'air comme un frais encens. Joignez à cela que Geneviève était fort belle. — La beauté est comme le soleil, luisante pour tout le monde. Il y a si peu de belles femmes, qu'on devrait les obliger à se montrer de temps en temps en public, afin que le peuple ne perde pas tout-à-fait le sentiment de la forme. Après qu'il l'eût salué le comte offrit son bras à Geneviève. Son premier mouvement eût été de refuser, mais elle accepta, dans la crainte de mettre de l'affectation. Cependant elle essaya de se justifier envers elle-même, en se disant bien que ce n'était point un crime. Elle se prit ainsi dans les propres filets de sa défiance mal assurée. —Elle éprouvait ces appréhensions craintives que cause à une femme, dont l'existence est liée, la conscience de sa faiblesse. Elle craignait à chaque instant de se rendre fautive, et son cœur palpitait tumultueusement. Ce fut donc malgré sa volonté qu'elle s'abandonna à ces émotions défendues qui déploient tant de richesses enfouies au fond du cœur. Chose étrange! Le comte éprouvait une semblable timidité; — non par le même motif, mais par excès de désirs. Contre son ordinaire, il fut adroit sans être effronté. Il se contenta d'abord d'amuser et de distraire Geneviève, qui se laissa aller insensiblement à ses paroles séductrices. — Les menées du comte furent lentement dessinées; et il eut raison de ne pas la prendre d'assaut comme une ville forte. Plus le cœur que l'on veut s'attacher est pur et frêle, plus il faut mettre de ménagement et de délicatesse, sous peine de le briser. — Il lui parla de lui, de ses espérances déçues. Il fit entrevoir un génie qu'il n'avait pas, et lui dit que sa vie était manquée, parce qu'elle était sans amour. Il lui insinua la généreuse idée de lui faire aimer l'existence, et la candide Geneviève donna un instant dans le piége. Elle le consola, lui montra à l'horizon quelques blanches espérances, et lui dit qu'il y avait encore ici bas des âmes nobles et bonnes susceptibles de le relever de sa lassitude et de l'aider à poursuivre la route qu'il trouvait si difficile. Le séducteur comprit qu'il n'était point indifférent. Profitant du domaine de l'imagination où Geneviève s'était jetée la première, il la poussa dans les diaphanes régions du sentiment. Il fit briller à ses yeux les choses belles et radieuses qu'elle avait rêvées elle-même avant son mariage. A un ami aussi sincère, Geneviève confia ses chagrins et ses déceptions. A son tour, il la consola et profita de cet instant dépanchement pour lui laisser entrevoir un des quartiers de la pomme de notre première mère. — Geneviève fut séduite par sa pitié pour cet homme qui souffrait. Elle conçut des espérances qu'elle ne se justifia pas, — quelques compliments avaient flatté sa vanité et le remords se tut. Le soleil se leva rouge dans le lointain, sortant des vagues d'argent. Ce panorama, animé par quelques barques qui ça et là se balançaient au roulis, rendit Geneviève pensive. Elle fit avec le comte des réflexions douces et empreintes d'une saine philosophie ; elle était presque familière.

Ceci se passa très promptement, et avant qu'ils ne se séparassent, Léon lui dit :

— Oh ! madame promettez-moi que vous viendrez de temps en temps causer ainsi avec moi, et me protéger. Car, voyez-vous, dès aujourd'hui, je suis fait à ce bonheur, et s'il allait subitement me manquer, je ne saurais plus que devenir. Je serais dans la vie plus seul et plus malheureux que jamais.

Geneviève accepta le rôle admirable de consolatrice, et promit qu'elle viendrait le lendemain soir au fond du jardin, dans un frais bosquet, lorsque tout le monde serait couché.

Et comme pour se rassurer, elle dit avec sa voix d'or. — Les nuits sont si belles!

Mais ce n'était pas seulement pour admirer les belles nuits, qu'elle promit un rendez-vous au comte.

C'est qu'un éclair d'amour avait lui sur sa vie. — Hélas! l'amour est comme le soleil qui caresse les fleurs, les fait éclore, épanouir et finit par les brûler. L'amour brûle le cœur des femmes.

Lorsqu'il se quittèrent, Geneviève était agitée; le comte était ému lui-même, cette fois il aimait réellement.

Geneviève était pleine de confiance en lui; car le comte était toujours d'une grande réserve, d'une sage discrétion. Il ne demandait pas même un sourire; seulement il lui arriva, cette fois, de prendre une main qu'on lui laissa comme si elle eut été celle d'une amie heureuse d'être aimée. En ce moment, il aurait voulu poser ses lèvres sur les siennes et y imprimer un de ces baisers qui vont à l'âme et brûlent le sang dans les veines. — Il n'osa pas; l'expérience qu'il avait du cœur féminin lui défendait absolument toute espèce de divertissement de ce genre.

Néanmoins, il était plein d'espérances.

O espérance, plus vivace que les battements de notre cœur! comme tu relèves vivement les rameaux souples couchés par la tempête du désappointement, et comme, en peu de temps, tu sais t'épanouir, en fleurs merveilleuses et en bourgeons vigoureux! Vous allez voir maintenant comment le cerveau de cet homme de talent enfanta un plan digne de lui; son génie calculateur lui suggéra l'idée de faire une absence : il ne laissait aucun rival, il était en bon train pour arriver; il se prit à réfléchir qu'un mois d'absence augmenterait l'amour de la jeune femme et qu'elle se livrerait à lui sans réserve; cela arrive quelquefois. Il trouva facilement un prétexte, et ordonna à son domestique de faire ses malles; puis, il imagina de se donner l'ingénieux plaisir d'assister à l'entrée de Tiverval dans le monde parisien. — Ce fut cette faute qui le perdit. Il alla trouver madame de Champy et lui dit :

— Ma chère amie, une affaire importante réclame ma présence à Paris pendant un mois; mais soyez sûre que je reviendrai; je vous laisse d'ailleurs mes chiens, Gaston et deux de mes chevaux. Vous devriez décider votre gendre à m'accompagner, ce sera pour lui une occasion de prendre de l'aplomb, il a besoin d'être formé; — je m'en charge! Confiez-le moi; — je vous le ramènerai homme du monde et méconnaissable...

— Si je savais que ce fut vrai, interrompit la dame âgée en fixant ses yeux de chat sur de Merville.

— Ma douce colombe, repartit le comte, si je ne parviens pas à en faire un des plus beaux lions de notre ménagerie, je consens à toutes les choses les plus humiliantes, par exemple, à porter des gants de filoselle, à me montrer deux fois avec la même canne, à sortir avec une femme laide, ou à figurer au bois sur un cheval de louage.

Madame de Champy conseilla à Tiverval d'accompagner le comte. Tiverval y consentit et décocha une plate plaisanterie du haut de son niais sourire.

Hélas! le comte se bâtissait des châteaux sur le sable mouvant. — Quand il quitta madame de Champy, elle baissa la tête et lui cacha son visage... c'était fort aimable de sa part. Le lendemain, à six heures du matin, une chaise de poste enmenait vers la capitale le mari de Geneviève et le comte Léon de Merville; ce dernier avait dans sa poche la clé du jardin.

XXXIII.

Une Bohême Fashionnable.

Le premier soin du comte en arrivant à Paris, fut de présenter Tiverval à quelques roués de naissance illustre, comme un homme qu'ils devaient plier aux exigences de la vie; puis il s'empressa de lui trouver une maîtresse, et, en ami dévoué, ce fut une des siennes qu'il lui donna : Juliette jeune et jolie parisienne menant une vie précaire, et dont on ne pouvait prévoir la fin. Il en résulta que Tiverval s'habilla comme tout le monde, qu'il porta des gants et des moustaches; qu'il monta les chevaux du comte et fuma des cigarres de contrebande, — attendu que le cigarre n'existe réellement pas dans les bureaux de la régie. au contact des allures du comte, Tiverval fut d'abord stupéfait comme Jonas sortant des flancs de la baleine.

— Mon cher Arthur, lui dit le comte, vous n'ignorez pas que je veux entreprendre votre guérison, car vous êtes malade!..... Vous êtes encore à l'état primitif!..... Vous ne savez pas le bonheur de la vie sensuelle; vous ne soupçonnez pas les immenses ressources qui sont en vous, et qui, déployées à propos, doivent vous rendre l'existence folle et heureuse.

— Vous vous trompez, mon cher, répondit Tiverval avec bon sens, je suis plus sensuel que vous ne croyez, et vous vous êtes parfaitement mépris sur ma nature, seulement comme mon éducation m'a porté à aimer les champs, la mer, le soleil et les fleurs, j'ai concentré dans cet amour toutes mes facultés et tous mes sens. Croyez-moi, l'homme civilisé est plus sauvage que l'homme de la nature ; cependant j'avoue votre supériorité, j'ai même quelque goût à essayer de cette vie nouvelle, pour faire diversion ; mais je vous le déclare, je retournerai à mes plaisirs champêtres dès que ceux-là me paraîtront ennuyeux.

— Comme vous voudrez ; c'est convenu, vous vous fiez entièrement à moi, laissez-moi donc opérer en vous un changement qui sera tout à votre avantage, et dont vous me remercierez plus tard.

— Allons, soit ; qu'exigez-vous de moi? reprit Tiverval en riant.

— Il faut que vous deveniez comme moi, un séducteur intrépide; oui, intrépide!... J'ai fréquenté plus d'une princesse qu'il m'est impossible de vous nommer...

— Je comprends vos réserves, et Dieu me garde de vous demander leurs noms.

— Oui, pour tout homme qui sait son monde la discrétion est un principe... De quelles faveurs ces princesses m'honorèrent, je n'ai pas besoin de vous le dire... la modestie me fait un devoir de passer outre. En attendant, si vous voulez bien vivre, sachez que *vouloir c'est pouvoir, oser c'est avoir*. Si vous voulez plaire aux femmes, abusez dans vos conversations avec elles des mots hardis, les plus sonores du vocabulaire sentimental; dites leur que vous braverez tous les dangers de la terre si elles se laissent voir jusqu'à la jarretière... que vos paroles ressemblent à des valets insolents... elles savent aussi bien que vous le but que vous vous proposez. Si vous voulez réussir, affectez avec elles le plus grand respect, et dites hautement aux hommes que vous ne faites aucun cas de ces mêmes femmes. Si l'on vous plaisante à propos de l'une d'elles, contentez-vous de sourire d'un air capable ou feignez de vous facher, — cela ne peut faire de mal; surtout évitez de nier jamais une bonne fortune, et gardez-vous également de la publier; médisez beaucoup des femmes en général, jamais d'aucunes en particulier. Quand vous serez assis près d'une brune, ayez l'assurance d'un homme brave... oser c'est avoir, — *audaces fortuna juvat;* et si le bout de votre moustache vient à toucher sa joue, ne vous en effrayez en aucune manière. Près d'une blonde, soyez triste et sentimental si vous voulez devenir redoutable, expérimenté et puissant. Prenez l'air dédaigneux à ce que diront les hommes; attaquez ces derniers dès que vous aurez prouvé aux femmes (avec la plus grande politesse) que vous les méprisez... Que votre

BIBLIOTHEQUE ROYALE
I

premier coup d'épée donne la mort comme votre premier regard aura donné l'amour. Du reste ne vous échauffez jamais dans une discussion ; soyez toujours poli ; persuadez-vous que vous avez toujours raison. A force de vous montrer dans les endroits publics avec des vêtements nouveaux et un air dégagé, vous attirerez les yeux, puis les cœurs... N'allez pas trop souvent dans les mêmes maisons; plus vous serez rare, plus on vous aimera. Que votre volonté soit comme le museau de la fouine, votre patience comme les pattes du castor, votre regard comme la flèche du guerrier !

— Je crois vous comprendre, répondit Arthur Tiverval ; mais que faut-il faire ?

Alors le comte lui expliqua comment il lui avait trouvé un logement confortable chez une de ses *amies* qui serait à la fois douce et complaisante.

— C'est une bonne drôlesse, lui dit-il. Elle a été très bien élevée ; — jamais des parents ordinaires n'auraient l'idée d'apprendre à leurs filles à spéculer sur leur beauté. Ce sont de ces menus détails qui complètent une bonne éducation ! Elle vous aimera énormément, et c'est ce qu'il faut ; c'est n'être pas aimé que d'être moins aimé.

Après quelques difficultés, Tiverval consentit à aller loger chez Juliette ; — tout s'arrangea à la satisfaction générale et à l'édification du XIXme siècle. Au contact de cette existence nouvelle, le provincial, étonné comme Léda surprise par le cygne, commença par hésiter ; mais il s'y fit bientôt. Il se montra de temps en temps sur le boulevart de Gand, au foyer de l'Opéra et au bois de Boulogne. Son esprit naturellement paisible contracta l'habitude de se développer. De simple et candide qu'il était, il devint railleur et dédaigneux, grâce aux leçons du comte de Merville, — qui se mirait avec complaisance dans son élève.

Rue Castellanne, dans le quartier de la Madeleine, il y avait, au second étage d'une maison grande et belle, un petit appartement mignon et parfumé comme une bombonnière ; c'était celui de Juliette. Quoique vous la connaissiez, je ne suis pas fâché de vous lire le portrait que j'ai tracé d'elle; à une immense corruption, cette femme joignait une grande beauté et un esprit fin, qui s'augmentait chaque jour par la lecture de certains romans et le commerce des jeunes gens dont le comte de Merville l'avait entourée, et dont il était roi.

Juliette avait le physique de son emploi. Elle était jolie, bien faite, agile, souple, débauchée et surtout très sensuelle. Les regards agaçants de cette femme allumaient des désirs de séduction. Ils eussent agité dans leurs tombeaux les cendres de Nestor, de Priam et de Mentor. Ils eussent inspiré des idées folles au chaste M. Newton, mort vierge dans un âge fort avancé, et retenu le trop naïf Joseph aux pieds de la trop sensible épouse de Putiphar. Mais Juliette était femme, c'est-à dire plus changeante que la lune, plus variable que la peau d'un caméléon.

Cette enfant d'amour était heureuse. Elle satisfaisait tous ses besoins, tous ses caprices, toutes ses fantaisies. Elle n'allait jamais à pied comme une foule de filles vertueuses ; — elle avait un carrosse de louage. Il est vrai qu'elle ne le payait que fort rarement.

Elle était haute, fière, capricieuse, dépravée. Mais elle n'était ni venimeuse comme un scorpion, ni dissimulée comme une dévote. Elle avait de l'âme, de la pitié ; si elle trompait tout le monde, elle ne craignait pas de l'être. Elle buvait l'argent des fils de famille comme un verre d'absinthe, — pour se mettre en appétit.

C'était une délicieuse courtisane, un démon moqueur, qui avait pour excuse les ardeurs de Messaline.

Parmi les femmes laides, et parconséquent

vertueuses, elle avait beaucoup d'ennemies. Celles-là disaient que c'était une odieuse bacchante, une abominable créature. Mais il ne faut pas ajouter foi aux mauvais propos ; — les hommes sont si méchants qu'ils ont trouvé moyen de calomnier Philippe-Égalité et le savetier Simon !

Vous dire comment Juliette avait gagné son mobilier, seule fortune qu'elle ait jamais su conserver, nous serait difficile. Il faudrait, pour cela, la deshabiller trop souvent, et nous ne nous en sentons pas la cruauté. Non qu'elle perdît à l'être ; c'était bien le corps le plus blanc, le plus frais, le plus appétissant qu'on puisse trouver ! Mais dans l'histoire de cette vie pauvre et luxueuse, il faudrait entrer dans trop de détails qui nous éloigneraient de notre sujet. Et puis ce serait détruire le prestige de sa beauté et de son sourire si moqueur, si exquis. Qu'il vous suffise de savoir qu'elle l'avait acquis comme les deux bras du fauteuil de Sakespeare, — débris auguste qui ornait son boudoir, et que lui avait donné un lord Anglais. —

Chez elle se trouvait une magnifique corbeille en or, ornée de fleurs précieuses. Elle avait été donnée à Juliette par un général de l'empire, qui l'avait volée en Espagne à une madone.

Cette mignonne et voluptueuse Juliette l'avait reçue en échange d'autre chose.., de ce quelque chose que donnent volontiers les femmes honnêtes, et que vendent toujours celles qui ne le sont pas.

A ce propos, je ne crois pas inutile de déclarer que toute la différence est là. Une femme qui donne est beaucoup plus convenable. Elle a un amant, cela ne peut l'empêcher d'être honnête, au contraire.

Si cette réflexion vous paraît un hors d'œuvre, vous êtes libre de croire que je suis de votre avis. Je sais bien que quelques vertueux mortels seront scandalisés du luxe de Juliette et diront qu'il serait plus charitable de donner du pain aux pauvres. D'abord ces hommes vertueux donnent-ils aux pauvres ? Est-on dans l'habitude de leur donner du pain ? — On leur offre un sou.

Juliette ne refusa jamais de leur faire l'aumône, et puis, si chacun leur donnait un sou tous les jours, ils deviendraient d'une richesse insolente, et finiraient par écraser leurs bienfaiteurs de leur luxe exorbitant. J'espère que cette vérité ne sera plus contestée par les honnêtes philantropes qui asservissent les blancs en prêchant pour la liberté des noirs, — et je prends celle de revenir dans l'appartement de la Juliette.

Dans son boudoir, des rideaux en laine dissimulaient une alcôve, où était son lit, simple et moelleux, à colonnes tordues et ciselées. C'est chez Juliette que le comte de Merville établit son compagnon Tiverval. En peu de jours Arthur Tiverval devint un voluptueux assez distingué. Il avait su se ployer à toutes les exigences de la vie élégante, suivant les propres expressions de son noble ami. Il lui avoua même qu'auparavant il n'était qu'un imbécile, et il le remercia de tout son cœur de l'avoir ainsi formé. Pour compléter cette belle éducation, de Merville lui fit apprendre les armes, et ils allèrent ensemble au tir, ce qui acheva de lui donner de la grâce et de la tenue. Juliette donnait des dîners magnifiques et des soirées où l'on jouait comme à Frascati. — Là se réunissaient les lions et les tigres de la ménagerie du comte Merville. Parmi les hommes jaloux de quelque célébrité d'élégance, les dîners de Juliette étaient réputés comme le type de la sensualité la plus délicate et la plus joyeuse. Les grands maîtres en fait de belle vie, avaient seuls le privilége de s'y présenter.

Quant aux femmes, il fallait qu'elles eussent acquis déjà une certaine réputation de beauté et de corruption. Cette dernière condition n'était pas la plus exorbitante, mais la première l'étant bien davantage, il y avait peu de femmes chez Juliette. Néanmoins on y passait des nuits peu funèbres.

On peut dire à la louange de Juliette, qu'elle ne s'est jamais entourée de créatures laides pour se faire briller. Il est vrai qu'elle a toujours été leur reine. Il lui manque un sceptre, car nous ne sommes plus dans ce temps fabuleux où les rois épousent des bergères. Toutefois il faut dire, à la louange de Juliette, qu'elle ne voudrait pas d'un roi constitutionnel.

Ce fut au milieu de cet infâme bohême que le comte de Merville acheva de se perdre. Cependant il était dégoûté de cette vie de cheval de manége qu'il menait depuis quelque temps. Et puis n'avait-il pas dans le cœur un océan de tendresse pour Geneviève? Mais le sort en était jeté ; — il ne devait jamais renoncer à cette vie-là.

Enfin, le vingt-neuvième jour, il y eût chez Juliette une orgie qui marqua dans l'existence de Tiverval, lequel fut ivre pour la première fois de sa vie. On mangea beaucoup, et l'on but davantage. Puis les convives s'endormirent, comme des brutes, sous la table, et ces hommes-là en perdant la raison ne perdirent pas grand'chose.

Le lendemain, Tiverval et le comte de Merville reprirent le chemin de Bayeux, — après avoir promis à Juliette de revenir bientôt.

XXXIV.

Déception.

— En voyant de loin les deux jeunes gens descendre de leur chaise de poste, la vieille Champy, — qui se tenait debout sur un pied, comme un héron dans un marais, s'écria : —

Tiens, voici le comte de Merville avec un de ses amis ; — mais où est donc Tiverval ?...

L'étonnement de Geneviève fut grand en voyant le changement qui s'était opéré chez son mari que sa mère ne reconnaissait pas. — Tout-à-coup elle sentit une certaine affection pour le compagnon de son enfance.

De Merville ne s'apperçut pas de ce changement subit ; il se posa, comme toujours, en conquérant.

Une brillante société venue de Paris était logée dans les deux maisons. — On vivait dans les fêtes et dans les plaisirs. Rien n'était plus gai, plus délicieusement inpertinent que cette société qui s'était abattue sur ce petit port de mer. Le premier triomphe avait trop étourdi de Merville ; il n'avait pas assez étudié le terrain glissant sur lequel il s'était engagé. Roi de ce monde plein de faux amis, qui pour ses chevaux, qui pour son adresse, qui pour sa fortune, qui pour son luxe et pour son esprit, il s'était trop laissé aller au courant de la vie; il avait trop compté sur lui-même et sur son bonheur. Geneviève, ses amis et sa fortune, devaient lui manquer en même temps.

Enfants, ne marchez pas si vite; souvent, dans la vie, il vous faudra revenir sur vos pas et alors plus vous aurez marché et moins vous aurez fait de chemin.

Cependant Geneviève avait une peine mortelle de froisser ce cœur qu'elle croyait exquis et sans souillure. — Elle s'accusait intérieusement de cruauté. — Elle eut un instant la pensée d'élever encore la voix pour le consoler. Mais sa vie, quelque temps agitée, était rentrée dans le centre d'une sphère ordinaire. Arthur était à ses yeux un ange qu'elle avait méconnu. Car il avait surpassé son maître en élégance et en esprit.

Les deux fiancés savourèrent ensemble les plus pures voluptés de cette vie idéale que Geneviève avait tant souhaitée. Arthur déploya les trésors enfouis dans son âme ; il les mit au jour et les fit briller. — Il versa dans son cœur de femme un réel et exquis bonheur. — Il fit semblant de comprendre son amour céleste, sa splendide passion, ses grandeurs et ses instincs de poète.

Geneviève n'aimait pas le comte de Merville. L'inclination passagère qu'elle avait conçue pour lui était allé mourir où vont, plus ou moins vite, tous les amours de ce monde.

Ses conversations emflammées, ses misères secrètes mises à nu, ses grandeurs, avaient trouvé de l'écho dans son sein et non dans son cœur. L'idée d'une faute ne s'était pas présentée à ses yeux. Elle n'avait rien promis ; et sa charité ne s'était pas changée en désir. Cette vertu avait eu ses émotions, ses plaisirs, son amitié expansive, — mais elle n'avait jamais été carractérisée par les sympathies violentes de la passion. Elle l'avait plaint et aurait désiré l'aider. — Bien plus ! elle avait cru l'aimer un instant, et elle ne l'avait jamais aimé. Elle n'avait pas entamé la foi conjugale; si elle avait reçu un aveu elle n'en avait point fait; — elle était libre, et elle croyait aimer Arthur, depuis qu'il avait su se parer d'une magnifique poésie. — Aussi Geneviève éprouvait une joie enfantine à revenir à lui. D'ailleurs ne lui avait-elle pas fait gouter les délices du fruit défendu? Depuis son retour, elle l'entourait de tendresse et de soins. Elle fut ravissante de naïveté. Son âme s'accrocha à la seinne. — Elle le suivait partout des yeux, elle savourait avec délices sa voix, ses gestes, ses idées, ses moindres sensations. Et son pied était léger, son cœur bondissait, sa main était palpitante ; une magnifique grandeur inondait ses sens. Elle touchait à la poésie comme le prêtre touche à l'hostie, saintement et à genoux. — Elle était émue et d'autant plus heureuse qu'elle n'était pas obligée de déguiser sa voix, son amour ou ses regards.

Cette noble tendresse faisait envie ; — et, dans leurs intimes pensées, les jeunes gens songaient que Tiverval était bien heureux de posséder une telle créature. Geneviève apprit ainsi à connaître et à apprécier les détails de la vie conjugale. Elle fut heureuse, et s'exagera même son bonheur.

Ces deux êtres qui semblaient unis l'un à l'autre par un rayonnant amour resserrèrent chaque jour les liens de leur mutuelle passion. Geneviève n'eut plus une pensée qui ne fut à Arthur, pas une palpitation qui lui fut étrangère. Dans les regrets de son abandon avec le comte, elle avoua à Arthur qu'il l'aimait. Mais elle plaida sa cause, et fit promettre à Arthur de le congédier, toutefois avec toutes les formes convenables, et sans froisser son âme abattue. Quand au comte, malgré tout, il ramait sur les galères de l'ambition. — Pourtant il n'était pas sans inquiétude. — Un matin qu'il se promenait seul près du bosquet où il avait eu de si douces entrevues avec Geneviève, — il la vit passer à quelques pas de là. Elle courait sur le sable d'une allée qui se perdait au pied d'un ruisseau. — Le ciel était bleu, les arbres se paraient de leurs feuilles vertes, si artistement nuancées. Les arbustes, les fleurs et les saules au bord de l'eau embaumaient l'air et remplissaient l'âme d'harmonies. L'amour ruisselait au milieu de cette tendre nature. Geneviève semblait vouloir éviter le comte et continuait à courir au milieu des arbres du parc. . . . .

Le comte la suivit. . . . .

— Oh! madame, lui dit-il en l'abordant, j'avais besoin de vous voir seule..... de vous parler........ de vous dire combien je souffre..... . . . .

Geneviève sentit sa pitié qui revenait. Mais elle fit un effort magnanime sur elle-même. Elle se grandit de mille coudées, avec cette souplesse du chat que la femme possède si bien, et prenant une contenance fière que démentait peut-être la douce expression de ses yeux, elle lui dit :

— Monsieur, je ne vous ai jamais aimé, et j'ai eu tort, je le sens, je le confesse, de vous permettre de me parler comme vous l'avez fait... J'aime mon mari, monsieur... J'aime le tranquille bonheur du ménage... Ne le troublez pas, je vous en conjure, cessez de me poursuivre d'un amour insensé auquel je ne répondrais pas ;... pour mon repos, je vous le demande, je vous en prie...

— Vous serez obéi, madame, répondit le comte en s'inclinant et en riant superbement. Puis il devint rouge comme un homard cuit. Il fut atrocément mystifié, mais parut ne l'être pas, afin de sauver au moins son *honneur* au dehors. — Il sentit que tout serait inutile pour fléchir cette femme vertueuse qui n'avait eu avec lui que quelques moments d'épanchement. — Il regretta même de ne pas avoir profité des occasions qui s'étaient offertes. Et puis, avouons-le à la grande honte de ce débauché, il était devenu insensiblement très amoureux de Geneviève. Hélas ! il ne devait plus faire avec elle de ces suaves promenades au bois, il ne devait plus savourer jamais les exquis parfums de sa passion. Il fut brisé par les manœuvres de cette famille qu'il avait voulu perdre et qu'il n'avait fait qu'éclairer. Les forces surnaturelles qu'il l'avaient soutenu l'abandonnèrent tout-à-coup, son âme, jusqu'alors inaccessible, s'inquièta un instant de cette passion de la tête et non du cœur, — forte et hardie passion néanmoins ! Il eut la douleur de voir crouler le gigantesque échafaudage qu'il avait construit avec tant de patience. Lorsque Geneviève se fut éloignée, le comte resta anéanti à la place où son amour propre de séducteur venait de recevoir un affront si sanglant. — Ce démon pleurait d'amertume et de confusion en pensant qu'il la laissait pure et sans tache comme sans remords. Il aurait voulu tomber dans l'abîme au risque d'y périr, afin de l'entrainer avec lui. La pensée de la laisser dans la grandeur de sa vertu déchirait ses entrailles d'homme corrompu. En ce moment de honte, le séducteur désespéré était capable de tout pour arriver à ses fins. L'Ange échappait à Satan, et la rage entrait dans son âme. Mais un autre désappointement attendait le séducteur. Geneviève avait été indiscrète ; dans un moment de trop coupable expansion, elle avait avoué à sa mère ce qui s'était passé entre elle et le comte de Merville. Indignée au dernier point, celle-ci s'était promis une vengeance. Froissée dans son âme de quarante ans et dans son amour trop jeune pour son âge, elle résolut de congédier avec éclat *le perfide le monstre l'ingrat* qui l'avait si audacieusement trahie.

De Merville était doué d'un regard très clairvoyant ; il avait pénétré la catastrophe et ne chercha pas à l'éviter ; il l'attendit au contraire de pied ferme, en homme de tête. Comme il se dirigeait vers le château, il vit venir à lui Tiverval. L'éviter était impossible ; il alla droit à son heureux rival.

— J'ai deux mots à te dire, dit le mari de Geneviève en prenant le comte sous le bras.

— Parle, répondit celui-ci avec une gaîté qui n'était point mêlée d'aisance.

— Ecoute, j'aime ma femme sans réserve.....

— Et Juliette? Interrompit brusquement le comte.

Le mari de Geneviève continua, sans paraître s'être apperçu de l'interruption du comte de Merville.

— .... et je crois en être aimé; ceci te paraîtra bête, j'en suis sûr, à toi l'homme de haute intelligence! que veux-tu ?... Je suis bourgeois ; très bourgeois.

— Railles-tu? fit le comte avec un caractère de donquichotisme très ridicule.

— Du tout. Je parle sérieusement. Mais comme mon sujet est des plus délicats, je veux choisir mes expressions. Tu n'es pas pressé?...

— Médiocrement, répondit le comte en perdant de ses avantages.

— Ecoute-moi donc. Je te disais que notre ménage est fort heureux, ce qui devrait te faire un sensible plaisir. J'ajouterai que je serais désolé d'en voir la paix troublée. Ceci est encore classique, mais n'importe!..... Or, je sais que tu as fait la cour à ma femme... oui, tu as voulu me mettre dans la position des négociants retirés et d'une foule de gens... Ce fut un tort de ta part. Alors je n'étais qu'un nigaud; — maintenant je suis devenu plus clairvoyant, grâce à toi! et, c'est pour cette raison que j'apprécie Geneviève. Ainsi, mon pauvre ami, console-toi et va chercher fortune ailleurs... O mon Dieu, il ne manque pas de femmes sensibles à Paris surtout...

— Où veux-tu en venir? s'écria le comte impatienté; — veux-tu de l'éclat, du scandale?... veux-tu te battre avec moi?...

— Jamais; quoique tu connaisses mon adresse, toi, mon professeur! je veux seulement que tu renonces à ma femme.

— C'est bien; c'est bien; je partirai... dès demain...

— Et, à présent, ne nous fâchons pas, dit Tiverval au comte de Merville en lui tendant affectueusement la main; chacun son bien, et soyons toujours bons amis.

Ils se promenèrent encore quelques minutes, pendant lesquelles Arthur Tiverval, dont le cœur était bon, s'efforça de faire oublier à de Merville leur pénible conversation. A peine quittait-il le comte, que, pour comble de malheur et par une fatalité implacable, madame de Champy se présenta à lui en lui faisant une révérence courte et sèche.

Elle eut avec lui une vive explication dans laquelle elle lui reprocha sa lâcheté, sa cruauté et son audace. Puis, avant de rentrer au salon, elle se pencha vers de Merville et lui dit avec une vivacité malicieuse :

— Comme, dans votre dépravation, vous pourriez vouloir vous servir, pour séduire Geneviève, de la clé du jardin, j'ai cru devoir prendre mes précautions ; j'ai fait mettre en dedans un cadenas et deux verroux !

Cette phrase, passablement bouffonne par elle-même, fut dite d'une manière si plaisante, par son affectation, que le comte fut sur le point d'en rire. Mais la colère et le sentiment de son amour déjoué le rendait tremblant. La vieille Champy le foudroya d'un regard rajeuni par le courroux. Après ce regard superbe, elle disparut.

— Elle aurait dû disparaître avant, pensa le comte de Merville.

Le soir le comte prétexta une indisposition et se retira de bonne heure dans sa chambre, pendant que les gais et élégants convives dansaient champêtrement devant le château, sur l'herbe du parc, au son d'un piano dont les notes vibraient, naissaient et se perdaient dans l'air sous les doigts de Geneviève, en se mêlant aux parfums des fleurs. — La joie de ces gens brisait l'homme jadis si heureux, maintenant si vaincu, si humilié. Il fit des réflexions sombres, et des idées de haine tourbillonnèrent dans son cerveau. Dès-lors il résolut de se venger de ce monde qui s'amusait lorsqu'il souffrait tant de son amour-propre abattu. — Ses années passées se montrèrent à lui; il se ressouvint de ses folles dépenses, de ses conquêtes éphémères, de ses plaisirs diaphanes et passagers comme les nuages du ciel. — Enfin il vit clairement dans sa vie présente. Il était une chose qu'il n'avait pas prévue; — c'était sa chute inévitable après ses désordres. — sa fortune était absorbée.

Un instant il voulut jetter loin de lui la fatale clé sur laquelle il avait fondé de si suaves espérances ; mais un reste de philosophie et de bons sens le retint. Loin d'accomplir cet acte désespéré, il se promit de la garder toute sa vie, afin de se cuirasser contre les véritables amours. — Il ne se fit donc en lui aucune réaction. Seulement il renonça à Geneviève, et ce fut là le plus grand des sacrifices qu'il fit à la nouvelle carrière qu'il était résolu d'embrasser.

Le lendemain, il partit pour Paris, et dit à Gaston en quittant le château.

— J'ai abreuvé de volupté la vieillesse de la Champy et elle ne m'en a pas su gré.

Et il raconta à son ami l'histoire de son amour pour Geneviève, qu'il traita de *femme honnête*, contre son habitude.

Et il acheva par ces paroles d'assez mauvais goût : — J'ai usé trente ans de ma vie à chercher une femme vertueuse, et celle que j'ai rencontrée s'est moquée de moi, ce qui devait arriver. D'où il faut conclure que cette sorte d'animal est dangereux et embêtant.

Gaston n'avait pas assez d'art ou de cœur pour penser le contraire, et il avoua, comme lui, que l'amour idéal et pur est une sottise et une des impardonnables calamités qui affligent l'espèce humaine.

Il arriva de tout cela que le comte de Merville acheta deux autres chevaux et doubla sa dépense. Il joua plus gros jeu que jamais et s'endetta énormément. Il aida Gaston à dévorer sa fortune; et quand ils furent ruinés tous deux, ils subirent l'influence du type de Robert-Macaire, — type immense et grandiose dans sa laideur, qui s'est glissé dans nos mœurs depuis les plus humbles entreprises jusqu'aux marches les plus élevées de l'échelle sociale. Ils vécurent ainsi tous deux en compagnie de Juliette, la femme entretenue si douce, si lassive, si dévouée, si spirituelle. Aujourd'hui ces sortes de ménages ne sont pas rares. Ils formèrent des sociétés en commandite par actions; ils exploitèrent de grands imbéciles, et firent beaucoup de dupes.

Ils surent cependant ne pas s'exposer à être repris de justice. Il ne *travaillaient* que dans le grand. — Ils ruinèrent plusieurs de leurs amis, et profitèrent de la crédulité et du béotisme parisiens. Leurs consciences s'agrandirent et admirent tous les moyens pour réussir.

Le comte de Merville avait quelques vagues connaissances de la chimie. — Il prétendit avoir découvert un bleu capable de remplacer l'indigo; pour cette entreprise, il se fit prêter de fortes sommes qu'il oublia de rendre. Il inventa également un vert et un procédé pour argenter le cuivre. — Comme ses maisons et son mobilier étaient au nom de son compère Gaston, on ne put lui réclamer les dites sommes. Il aurait pu prouver d'ailleurs qu'il les avait employées pour la réussite des entreprises. Il trouva un grand nombre de compères même parmi les gens les plus hauts placés. L'argent lui ouvrit tous les cœurs et les portes de beaucoup de maisons. — Il est vrai que pour en arriver là il déploya une merveilleuse activité ; il alla même jusqu'à envoyer ses actionnaires au Canada.

— Aujourd'hui il occupe une maison magnifique dans la rue Neuve-des-Mathurins. — Il donne des fêtes splendides. — Il jouit de l'estime générale ! Ajoutons qu'il ne s'est point montré ingrat envers Gaston qui partage ses richesses.

Aussi je n'ai pas été étonné lorsque j'ai vu le comte de Merville lié avec Dreus-Jolin, Panisset, Beaulieu, Gédéon, Samuel, et tous ces brigands honorés qui surnagent à la surface de la société dont ils sont les tyrans et l'écume. Dans le cabinet du comte, au-dessus de son bureau, se trouve, dans un cadre creux d'un travail parfait, la fameuse clé du jardin.

En un mot, le comte de Merville est le plus beau Macaire qu'il soit possible de voir. Aujourd'hui, il joue à la bourse, et fait la coulisse au café de Paris. Il se montre aux courses et au bois de Boulogne, car il est trés amateur de chevaux. Il a, dans le département de Seine-et-Oise, une propriété et une chasse dignes d'un prince. Dernièrement, à l'occasion d'un anniversaire quelconque, il a prononcé un discours dans une réunion d'émigrés espagnols. — Cela lui a valu la croix de l'ordre de Saint-***.

Bien plus, et ceci est historique, on lui a proposé pour mille cinq cents francs la croix de la Légion-d'Honneur. Il va probablement l'acheter. — Un ruban rouge fait assez bon effet sur un habit noir. (Un opulent romancier de mes amis se dispose à en faire l'acquisition pour son domestique.)

Le comte de Merville est devenu plus impudent que jamais ; — lorsqu'il lui arrive de raconter l'histoire de sa fortune à un intime, il s'écrie : — Qu'on ne vienne pas dire que bien mal acquis ne profite pas ! ce proverbe a été inventé par les gens volés pour se consoler.

Lorsque j'eûs terminé ma lecture :

— J'espère, me dit Pierre Morin, que je vous ai écouté avec une grande patience; seulement je m'apperçois avec douleur que je ne suis pas plus avancé qu'avant votre lecture.

— J'arrive à mon plan, repris-je. Vous devez comprendre d'après ce que je viens de vous dire que le comte de Merville ne demande pas mieux que de nuire à madame de Champy. Il pourra servir merveilleusement nos projets et voici comment : Je me rappelle lui avoir entendu dire, un soir qu'il était ivre, chez Juliette, qu'il avait la preuve d'un crime commis par madame de Champy. Or si nous pouvions avoir cette preuve, nous proposerions de la rendre à madame de Champy en échange des lettres de madame Samuel...

— C'est à essayer ; il y a du bon dans ce projet. Il est seulement fâcheux que ce soit une femme qui ait ces lettres...

— Comment l'entendez-vous ?

— Rien n'est plus simple. Si c'était un homme, j'irais le trouver avec des pistolets et lui brûlerais la cervelle s'il refusait de me les remettre.

Jamais, si ce n'est lorsqu'il me parlait

d'Hermance, je n'avais vu Pierre Morin dans un pareil état d'exaltation.

— Cependant, continua-t-il, il me répugne extrêmement de mettre dans la confidence des malheurs de madame Samuel, un homme tel que ce M. de Merville.

— Ne faut-il pas la sauver ? Et puis vous n'avez pas besoin de lui parler d'elle.

— C'est juste, c'est juste.

. . . .

Pierre Morin se rendit chez le comte de Merville.

— J'ai un intérêt puissant, lui dit-il, à posséder la preuve du crime de madame de Champy. Je sais que cette preuve est entre vos mains; donnez-la moi; oui je la payerais cher...

— Puisque vous me parlez si franchement, répartit le chevalier d'industrie, je vous avouerai que j'ai moi-même trop de vengeances à exercer contre cette femme pour ne pas vous livrer cette pièce curieuse, qui prouve qu'elle a empoissonné son mari... Ne frémissez pas... cela se voit souvent... seulement si vous voulez me faire une obligation de mille écus (et que ceci reste entre nous), je vous mènerai ce soir chez un peintre qui est de mes vieux amis et qui vous donnera sur cela tous les éclaircissements nécessaires.

— Me fournira-t il la preuve?...

— Eh! sans doute.

. . . .

Le soir venu, Pierre Morin, soutenu par la sublime pensée de sauver l'infortunée Clémence du piége que lui avaient tendu Dreus-Jolin et madame de Champy, se fit présenter par le comte de Merville chez le peintre. — Quoiqu'il ne fut plus très jeune, Maurice d'Urçay était encore plus voyageur qu'il n'était peintre de paysages. Homme de loisir dans la plus complète acception du mot, il menait depuis vingt ans l'existence la plus insouciante ou, ce qui est tout un, la plus vagabonde qui se puisse imaginer. Le riche atelier qu'il s'était meublé à Paris, n'était à proprement parler, qu'un pied à terre. Jamais poète errant jamais bohême rasant le sol au bruit du fifre, n'aimèrent autant la locomotion que ce joyeux artiste. Beaucoup, parmi ses confrères les peintres à la mode, croient faire preuve de hardiesse en allant prendre la nature sur le fait dans les enclos de la banlieue; les audacieux vont jusqu'en Italie et s'imaginent être des géants lorsqu'ils ont une bonne fois enjambé les Alpes. — Maurice ne pouvait réprimer un sourire quand il arrivait qu'on racontât devant lui de pareils exploits, et il faut reconnaître qu'il était bien placé pour formuler la moquerie. — Comme ce Charles-Quint qui avait un empire si grand qu'on ne pouvait voir le soleil s'y coucher, notre artiste eut été à l'étroit dans un monde. Il se promenait sur notre continent ainsi que Gulliver aurait eu le droit de le faire sur le territoire de l'Illiput, et à son gré l'Europe eût été une promenade propre tout au plus à faire de temps en temps l'école buissonnière. Ce qu'il lui fallait à parcourir, c'était l'orbe terrestre dans toute son étendue, avec ses monts, ses océans, ses déserts et ses forêts. A l'exemple de ce héros des ballades allemandes qui ne restait jamais à la même place, Maurice n'était vraiment heureux que lorsqu'il rapportait, après la semelle de ses bottes, un peu de la poussière de tous les univers. Soit hasard, soit lassitude, soit peut-être désir d'exposer quelque œuvre nouvelle au musée, Maurice avait voulu passer à Paris une partie de l'hiver qui venait de finir. Redevenu civilisé par occassion beaucoup plus que par volonté, il s'était mis, tant bien que mal, à voir un peu le monde. Il est bien entendu que ce monde du jeune artiste n'était pas précisément le monde de l'apparat et du luxe effréné, celui des romans jaune paille que l'on publie chaque jour. — Non, les mœurs d'un demi-sauvage n'iraient que difficilement à cette charmante société de velours, de gaze et de benjoin, la seule, hélas ! qui perpétue chez nous les traditions de l'élégance nationale et les beaux airs de la galanterie française ; — deux choses que les habitudes constitutionnelles finiront par anéantir tout-à-fait. Excentrique dans ses goûts autant que dans ses sympathies, notre peintre n'avait voulu recevoir chez lui que des parias de notre insipide civilisation autant que possible.

Il n'avait appelé que des barbouilleurs de toiles comme lui, des poètes, des romanciers, des musiciens symphonistes, des comédiens, et même aussi, je crois, çà et là des comédiennes. Ce sont là tous gens à peu près sans pays ni lois comme il les aimait ; sans feu ni lieu, chose dramatique peut-être, mais infiniment triste assurément.

Je vous laisse à penser quel bruit résonnait

par les longues soirées de la saison inclémente, quand la rue La Bruyère, dans laquelle résidait l'artiste, voyait s'avancer un à un ou par groupes tous les chevaliers de l'orgie. On savait d'avance qu'il y aurait bien des folles chansons lancées en l'air, bien du tabac d'Amérique fumé au milieu de joyeux propos. Changeons les dates : Au lieu du temps où nous vivons, mettez le moyen-âge le plus pur ; à la place de 18** inscrivez 1302, vous entendrez de longs murmures de réprobation s'élever dans le quartier, et les commères se dire les uns aux autres sur la porte : — » Voisines, signons-nous, et invoquons monseigneur Saint-Denis, patron de la bonne ville de Paris, voilà les loups-garoux ou les sorciers qui passent ! » Hélas ! le grand chagrin de tous ces jeunes gens consiste précisément en ceci, que le bon vieux temps soit passé à tout jamais.

Ils se réunissaient d'ordinaire avec le parti pris de se donner des allures originales, ils voulaient empreindre leur mise, leur langage et jusqu'à leurs gestes de quelque chose qui tranche sur la morose uniformité de la vie bourgeoise et ils n'y réussissaient pas toujours. Ah! s'ils pouvaient ressembler aux poétiques alchimistes que le génie de Victor-Hugo a placés dans les tours de Notre-Dame. Mais point. Quoiqu'ils fassent, quoiqu'ils disent, quoiqu'ils boivent, ils sont toujours ce qu'ils étaient avant d'entrer chez leur ami, c'est-à-dire de timides aiglons de la peinture, de la poésie et de la musique.

Le plus original d'entr'eux est encore celui qui les convie, l'homme qui les abreuve de thé noir et qui les bourre de gâteaux Maurice d'Urçay, l'infatigable marcheur, l'homme qui, dans cet univers, a le plus vu de choses mortes et animées.

— Monsieur, dit le peintre, à Pierre Morin après que le comte de Merville lui eut expliqué ce dont il s'agissait; je vais vous raconter ce que je peux sur madame de Champy. Il est bon de vous dire avant, que cette histoire là est peut-être une tragédie ou pour le moins un très beau mélodrame en cinq actes. Je comprends que cet avant-goût surrexcité au plus haut point votre curiosité; aussi vais-je sans plus attendre, maintenant, me mettre en devoir de la satisfaire.

— Vous saurez donc qu'il y a vingt ans, poursuivit-il, j'étais allé des Etats-Unis aux Antilles françaises, et des Antilles françaises à cette autre Espagne que les fumeurs de cigares connaissent si bien de réputation, et qui s'appelle la Havane. J'eus l'occasion d'y connaître, non pas très intimement, il est vrai, mais néanmoins avec assez de révérencieuse familiarité, une des plus ravissantes créatures que j'aie vues de ma vie. C'était madame de Champy. Elle s'appelait alors Carmen, était orginaire d'Espagne, comme tant de friandes créoles de cette merveille île de Cuba, et, par un raffinement de coquetterie, se faisait désigner sous le nom de *Carmen-la-Grenadine*, ses ancêtres ayant longtemps habité Grenade.

Belle, elle devait être aimante; aimante, elle devait être aimée; aimée, elle devait être jalouse. La suite de ce récit vous prouvera si elle était bien tout cela! J'avais connu Carmen dans je ne sais plus quelle soirée de consul anglais, ennuyeuse à mourir. En buvant l'un près de l'autre un verre de limonade, nous en étions venu de prime — sauf à nous faire mutuellement des confidences. Je lui avais appris que j'étais français, peintre de paysages ou plutôt voyageur, et à ce propos, il avait été convenu que durant mon séjour dans l'île, j'irais quelquefois lui rendre visite, afin de lui donner des leçons de mon art, qu'elle avait autrefois cultivé. Elle projetait aussi de dessiner, avec ma collaboration, quelques costumes bizarres de son invention, qui, disait-elle, ne devaient pas manquer de lui faire beaucoup d'honneur dans la colonie. Mais ce que les hommes et les femmes font, Dieu le défait le plus souvent! Ces visites ne purent avoir lieu, et voici comment cela arriva.

On était alors au mois d'avril. La terre avait revêtu sa riche écharpe de verdure, et tous resplendissait sous ce beau ciel. Les heures de l'absence sont longues, dit-on, plus longues à cette époque là qu'à toute autre. Aussi Carmen, toute frémissante d'impatience, était-elle restée plus longtemps que de coutume à la fenêtre de sa charmante habitation. Ainsi penchée, l'oreille tendue, elle attendait un des plus beaux officiers de la reine, don Esteban de Vasqueloz son amant, qui ne venait pas. Il était près de minuit. Appuyée sur une petite balustrade en bois de citronnier, elle interrogeait de son regard inquiet l'ombre qui remplissait tous les alentours. Parfois les pas sonores de quelques passants troublaient le silence de la nuit, mais ils s'éloignaient bientôt et se perdaient au loin en laissant un long écho dans le cœur de la pauvre Carmen.

Enfin on s'arrêta sous la fenêtre et l'on frappa vivement à la porte. — C'était un groupe de deux hommes qui paraissaient porter quelque chose de lourd sur leurs épaules. La porte s'ouvrit et au bout d'un instant, on déposait sur le lit de Carmen don Esteban de Vasqueloz, pâle et les yeux fermés. Les habits du jeune officier étaient couverts de sang et à la vue d'une plaie encore béante, on devinait que sa poitrine avait été traversée d'un grand coup d'épée. Un médecin appelé en toute hâte arriva ; il dit que don Esteban n'était pas mort, prescrivit quelque chose et se retira. Carmen tout en larmes s'était assise au chevet du lit ; son regard fixait les paupières fermées du blessé ; elle était là, respirant à peine et n'osant parler. — La nuit se passa ainsi.

Le lendemain matin, don Estebān ouvrit les yeux avec le jour et reconnut sa douce Carmen qui lui demandait en pleurant ce qui lui était arrivé. Il lui apprit alors que, la veille, il s'était battu avec un de ses amis qui avait mal parlé d'elle et qu'il avait été blessé de la sorte dans ce combat. Six semaines durant, l'âme de don Eesteban hésita entre le ciel et la terre. La vie s'en allait par ses blessures entr'ouvertes, mais Carmen, comme un bon ange, ne bougea pas du lit de douleurs qu'elle baignait chaque jour de ses larmes. Peu à peu cependant le blessé se rétablit. Il put se lever, et un matin que Carmen revenait de l'église où elle avait bien remercié la vierge de la guérison de son amant, elle apprit d'une jeune négresse qui lui servait de camériste que don Esteban était sorti après avoir écrit une lettre, et sans dire où il allait.

Carmen devint pensive et triste à cette nouvelle et son cœur fut serré comme par un pressentiment de malheur. Elle aperçut bientôt don Esteban qui revenait ; un mendiant qui se couchait ordinairement par terre, non loin de la porte de la maison, remit d'un air mystérieux une lettre au jeune homme, qui la lut attentivement, et, après l'avoir baisée plusieurs fois, la cacha dans son sein. Un instant après, le cavalier étant rentré et faisant la sieste sur un fin hamac, la lettre furtive était entre les mains de Carmen qui la lisait en frémissant.

« Mon doux Esteban, le capitaine de mon » cœur, y disait-on, notre tyran étant parti » pour Madrid, je vais te revoir. — Le soleil va » luire à ma vue. Oh ! que j'ai amassé d'amour » en mon cœur pendant tout le temps de ma » maladie, pour te dédommager des souffran- » ces que je t'ai causées ! j'ai sur les lèvres des » milliers de baisers, prêts à cicatriser tout-à-

» fait ta blessure : viens les chercher dans
» le bois du Cid, sous la riche verdure témoin
» de nos premières caresses. J'y serai à dix
» heures.

» Ta bien-aimée et ta bien-aimante,

» DOLORÈS. »

— Dieu du ciel et de la terre, comme il me trompait, l'infâme! pensa Carmen dans le fond de son âme indignée; — c'est pour une autre qu'il a risqué sa vie, et c'est moi qu'il est venu prier de la lui rendre. Il n'a pas songé que je pourrais la reprendre aussi cette vie qu'il m'avait vouée. O mon Dieu! que ferai-je?... J'ai peur de moi.

Le soir de cette journée orageuse, Don Esteban était inquiet; c'était en vain que Carmen lui prodiguait tous les trésors de son amour, il restait froid sous les baisers de feu de l'ardente espagnole.

— Don Esteban, mon doux seigneur, le

maître souverain de mon cœur et de tout mon être, lui disait-elle dans un accès d'ineffable mélancolie, vous êtes triste ce soir. Qu'avez-vous donc, âme de ma vie? Est-ce que je ne suis pas aussi belle qu'autrefois? Ai-je moins de tendresse qu'au premier jour?

— Non, répondit sèchement le jeune homme, non, Carmen, vous êtes toujours la même, je vous jure.

— En ce cas, est-ce donc que vous ne m'aimez plus? Je vous ennuie, je vous aime trop peut-être; ne m'en veuillez pas pour cela. Esteban, trop vous aimer, ce ne peut-être un reproche à me faire. Voulez-vous que je vous chante quelque vieille romance maure pour vous distraire un peu? Faites un signe, un seul, et j'obéis!

— Eh bien, oui, si cela vous plaît, chantez.

Elle décrocha de la muraille une guitare de Séville qui y était appendue, et d'une voix plus tremblante qu'animée, chanta le romancero suivant, que je sais d'autant mieux par cœur qu'elle me l'a récité cent fois :

Pour la première fois vous avez fui mon cœur,
Ce cœur où vous pleuriez, où vous versiez votre âme,
Vous avez un secret qu'en vain, moi je réclame ;
Moi que vous aimiez tant, mon regard vous fait peur,
Pour la première fois vous avez fui mon cœur.

Mon âme est à la vôtre attachée à toujours.
Malgré le ciel contraire, et malgré vous peut-être ;
Ainsi qu'une ombre amie, elle doit apparaître
Dans votre vie amère et dans vos heureux jours ;
Mon âme est à la vôtre attachée à toujours.

— Cette chanson n'a point de charmes pour vous? interrompit Carmen après ces deux premières strophes.

— Je suis franc, Carmen, j'avouerai qu'elle m'endort, répondit don Esteban avec une nonchalance affectée.

— Mon Dieu! que faut-il donc que je fasse pour vous distraire?

— Rien.

— Rien; ah! c'est donc que vous ne m'aimez plus, que vous ne voulez plus rien de moi? Voyons, regardez-moi, je vous en prie, je vais danser comme on danse à Grenade. La Mauresque, voulez-vous, dites?

— Soit, dansez si cela vous amuse, Carmen.

— Y a-t-il au monde beaucoup de meilleures danseuses que moi? Esteban, regardez donc. Est-ce que je ne danse pas bien?... Vous continuez à être distrait, vous ne me regardez pas! Méchant, je devine votre projet, vous voulez me chagriner en tout. Mais je ne vous en veux pas, et tenez, je baise vos grands yeux noirs qui ne veulent pas me voir, et vos lèvres jadis moins discrètes qui ne veulent point me parler. Je vous aimerai malgré tout et toujours; je vous aimerai malgré vous-même, don Esteban, mon seigneur adoré, je suis ton esclave; ton amour fait de moi ce qu'il veut. Don Esteban, je suis ta maîtresse; mon amour peut tout sur toi il ne te demande que le tien. Ne t'éloigne point de moi, appuie ta poitrine contre mon sein, écoute battre mon cœur, tu seras bien ainsi!

— Non, assez d'amour pour aujourd'hui, ma belle; je vais sortir, dit don Esteban en se levant.

Et il sortit en effet sans plus de retard.

— Homme trois fois lâche et parjure, s'écria Carmen en descendant derrière lui, va tout à ton aise dans les bois du Cid, tu es condamné!

Puis, après l'avoir vu s'éloigner, elle sauta sur un cheval qui l'attendait dans la cour, sortit par une porte de derrière, et, faisant siffer l'aiguillon de sa cravache sur les flancs de l'animal, elle partit elle-même au galop.......

Une heure s'était à peine écoulée depuis le brusque départ de Carmen. Non moins pressé de se faire voir dans les bois du Cid que sa maîtresse avait paru l'être de monter à cheval, don Esteban arrivait tout joyeux, au rendez-vous; il aperçut au clair de lune une femme voilée qui se tenait immobile sous un oranger. Il avança vers elle et la prit tendrement dans ses bras. Vous savez que le poëte arabe Saadi a fait de beaux vers pour exprimer comment le serpent se cache sous les roses. Il y aurait bien lieu pour moi de faire ici une magnifique stance, mais je ne sais parler qu'en prose. Ainsi, point de fleurs, point de serpents, mais la vérité.

Au moment donc où, palpitant d'amour, don Esteban s'apprêtait à couvrir de caresses la femme qu'il tenait embrassée, il sentit l'acier froid d'un poignard pénétrer dans son cœur. Il étendit aussitôt les bras en poussant un cri de douleur, et tomba raide mort sur le dos.

Un léger bruit se fit en même temps dans le feuillage; la femme voilée rentra dans l'ombre, et une autre femme parut qui, s'avançant rapidement, heurta du pied le cadavre et faillit tomber dessus.

— Grand Dieu! don Esteban! mon Esteban adoré! s'écria cette femme avec terreur, après avoir regardé et reconnu le visage de son amant.

— Oui, tu le vois, c'est don Esteban; oui, c'est ton amant, s'écria alors la femme voilée, en s'élançant vers celle qui venait d'arriver. Oui, tes yeux ne te trompent pas, c'est bien ton amant, Dolorès. Regarde! voilà ce que ton coupable amour en a fait; il l'a tué deux fois, la première par l'épée de ton mari, la seconde par le poignard de sa maîtresse. Ne lui cherche pourtant pas deux blessures : j'ai frappé à la même place; la plaie que j'avais fermée, je l'ai r'ouverte!

A demi-morte de douleur, l'autre tremblait et pleurait tout à la fois.

— Madame, dit-elle enfin, en essayant de s'agenouiller devant Carmen, oh! je vous en supplie, laissez-moi. Votre main est un étau, elle brise la mienne. Que vous ai-je donc fait?

— Ce que tu m'as fait malheureuse? tu m'as ôté plus que la vie, tu m'a pris mon amant. Il y a un mois, tu ne me l'as rendu que mourant; maintenant que je l'ai guéri après mille soins, après mille caresses, à l'aide de sollicitudes d'une mère plutôt que d'une maîtresse, tu voulais me le reprendre encore! Eh bien, prends-le donc de nouveau; le voilà comme tu me l'avais rendu. Il est bien mort cette fois, essaie de le ressusciter, voyons? cicatrise donc la plaie avec les baisers que tu gardais sur tes lèvres? Rends-donc un peu de souffle à sa bouche? R'ouvre donc ses paupières si bien closes?... Allons, ton mari est en mer, allant à Madrid, ne crains rien, réchauffe ton amant dans tes bras! Mais non, tu ne m'entends plus! tu es évanouie, je crois. Allons, la fraîcheur de la nuit te rendra les sens. Reste donc auprès de don Esteban, je vous laisse en tête-à-tête. Adieu!

Et comme elle achevait ces mots, Carmen tira de nouveau son poignard et d'une main hardie, elle frappa quelques coups dans l'ombre.

Ce sanguinaire accès de vengeance passé, elle disparut bientôt dans les profondeurs du bois, souriant d'une étrange manière à la vue des deux cadavres qu'elle laissait gisant côte-à-côte, sous l'oranger du rendez-vous.

Cette tragique aventure fit, comme vous le pensez bien, grand bruit dans la Havane. On s'épuisait en conjectures de toutes sortes sur ces trois personnes, dont deux avaient été trouvées baignées dans leur sang, et dont la troisième avait pris la fuite. Toutefois, ce drame était entièrement sorti de ma mémoire, lorsqu'à un an delà, presque jour pour jour, au mois d'avril, je fis un retour en Europe. Je ne sais par quelle bizarrerie il m'était venu à l'esprit de parcourir encore une fois l'Italie dont j'avais déjà visité les moindres recoins. Séjournant tantôt dans la ville éternelle, tantôt à Palme, tantôt à Florence où à Milan, j'avais eu la fantaisie d'aller passer ce qui me restait de printemps à Venise, — *la ville des fleurs et des anges*, — à ce que disent les faiseurs de barcaroles. En ceci, les rimeurs de petites romances ont dit vrai. Venise est bien la cité printannière et séraphique par excellence. L'année entière, ce ne sont que jasmins et guirlandes de roses, tressées en couronnes, sur les plus jolies têtes. Les anges, ceux du moins dont il est le plus question dans les mélodies à la mode, — s'y réjouissent dans de perpétuelles et mystérieuses amours. Festins, cavalcades sur le sable d'or du Lido, promenades du soir sur les lagunes, causeries à l'Opéra, la vie n'y est qu'une longue fête pour tous ceux qui sont jeunes et occupés de nobles loisirs. Vous n'ignorez pas que les artistes, les peintres, les sculpteurs, les poètes, quelle que soit leur patrie, ont le droit d'y frayer sur le pied de l'égalité la plus parfaite avec tout ce qu'il y a d'illustre dans les familles patriciennes. Ceci vous donne assez à entendre pourquoi on ne trouve guère d'hôtels de marbre historiés d'armoiries qui ne s'ouvrent en toute saison à cette vie de nonchalante volupté, dont le *Décaméron* de Boccace est la poétique exagération. En réalité, on se sent exister à Venise avec autant de charmes que dans les contes de Fées. J'y vivais depuis quinze jours environ, insoucieux comme tant d'oiseaux de passage; la mobilité de mon caractère se prêtait merveilleusement à ces mœurs sans cesse changeantes. Quiconque m'eût suivi des yeux, m'eût pu voir, tantôt dans les cathédrales où l'on exécute encore la magnifique musique de Palestrina, tantôt au milieu de cette hospitalière aristocratie italienne où brillent tant de jolies femmes. Je m'adonnais quelquefois aussi, au moins afin de n'en pas perdre l'habitude, à l'étude de ce grand art, qui, dans la cité de Venise, a pour maîtres immortels le Titien et Paul Véronèse.

Or, par une matinée de ce beau mois des fleurs et des rossignols dont je vous ai déjà parlé, comme je me rendais à pied dans les galeries du palais Cornaro, je vis venir à moi une sorte de messager, couvert d'une livrée, qui, après m'avoir assez humblement salué, s'arrêta tout d'une pièce devant moi.

— Que voulez-vous? dis-je brusquement à cet homme.

— M'acquitter d'une commission à l'adresse de votre seigneurie.

— De quoi s'agit-il?

— D'une lettre que voici.

— Mais cette lettre, de qui vient-elle?

— Lisez.

Je m'apprêtais à recommencer la série de questions, lorsque je m'aperçus que le laquais avait déjà disparu dans la foule. Voyant donc que je n'aurais d'éclaircissements à attendre que de l'épître, je me déterminai à en briser le cachet, et voici ce que j'y trouvai tracé au crayon :

« Seigneur français, le plus fou des peintres,

« Il n'est pas que vous ayez tout-à-fait ou-
» blié une pauvre petite créole espagnole, à
» laquelle il fut donné, il y a un an, de boire
» chez le consul anglais, à la Havanne, beau-
» coup d'insipide limonade, moins insipide
» que celui qui l'offrait.

» Le hasard, ou plutôt le cinquième acte
» de la tragédie pour tout de bon dont la pau-
» vrette est l'auteur, exigeant qu'elle vive en-
» core quelque temps dans cette joyeuse ville
» de Venise, elle vous supplie de lui venir ti-
» rer votre révérence le plus tôt que vous en
» aurez le loisir.

» *Rue Santo-Zozzi, palais de la famille des*
» *Barbaja.* »

Celle qui est la seconde âme d'Esteban,

CARMEN.

Post-scriptum. — « Il y a deux choses ex-
» cellentes dans cette Ausonie aimée du ciel.
» Ces deux choses sont les cailles de Pistoie
» et le Lacryma - Christi, — céleste nec-
» tar! Dona Carmen s'estimerait la plus heu-
» reuse exilée du monde, si un peintre français
» de ses amis agréait un repas du matin,

»adoré de cailles et arrosé de larmes du »Christ. »

Inutile de vous dire combien fut grande ma surprise, lorsque j'eus pris connaissance d'une invitation aussi inattendue.

La jalouse Carmen était bien certainement une distraction sur laquelle je n'avais pas compté pour prolonger de quelques semaines mon séjour à Venise.

— Voilà bien, me dis-je, les jouissances imprévues du voyageur! Il retrouve souvent à un bout du monde la fin de ce qu'il a vu commencer sous un autre pôle, et cela sans se donner jamais le soin de courir après les événements.

Tout en faisant ce petit monologue, *in petto*, j'avais rebroussé chemin, et remettant mes études de musée à un autre jour, je me dirigeai, ainsi que la lettre m'en faisait une loi, rue Santo-Sozzi, vers le palais de la famille

Barbaja. Voici ce qui se passa : Lorsqu'après le cérémonial d'usage en Italie, j'entrai enfin dans la chambre de Carmen, elle faisait siffler sous sa main nerveuse une charmante petite cravache au pommeau d'or et se disposait à placer sur sa tête un chapeau d'homme, car c'était en homme et non en femme qu'elle était vêtue au moment où je fus introduit. Ce chapeau, à la dernière mode de Paris, elle le lança vivement loin d'elle dès qu'elle m'aperçut, et se jeta au-devant de moi en laissant flotter les boucles noires de sa chevelure que l'ivoire avait domptées.

— Seigneur peintre, dit-elle en même temps avec un ravissant sourire ; barbouilleur du ciel et de la terre, soyez le bien venu, et montrez-vous ici extravagant comme vous l'êtes, car une seule soirée me l'a appris, jamais il n'y eût dans ce monde européen, ni dans le nôtre, une tête d'artiste plus complètement tournée que la vôtre.

Et sans me laisser le temps d'articuler une seule parole, elle ajouta vivement :

— Ah ! le monde, l'Europe, les autres continents, ce sont de tristes choses à voir, bien qu'on en dise ! Des sots, des niais et des ingrats, il en pleut ; de véritables fous et des gens qui sachent au juste comment on aime, le nombre en est malheureusement trop restreint. Ceci soit dit pour ma nourrice, cette Havanne où j'avais cru pouvoir vivre heureuse, aussi bien que pour cette Italie où je ne pensais pas pouvoir vivre du tout ; mais, seigneur, il y a déjà quinze jours que je vous ai vu à Venise et j'y reste.

— Quoi, senorita, m'écriai-je, il y a quinze jours que vous me savez ici, et rien n'est venu m'apprendre que vous y étiez vous-même ? pourquoi donc ne m'avoir pas écrit plus tôt ?

— Pourquoi ? répondit-elle avec un intraduisible sourire ; ah ! la question est toute simple, en effet ; mais avec votre agrément, je n'y répondrai point. Il y a telles choses qu'on fait et qu'on ne voudrait pas faire, il est telles autres choses qu'on ne voudrait pas faire et qu'on fait. C'est l'histoire de l'humanité, cela !

— Permettez, hasardai-je, je devine que ce doit être aussi un peu la vôtre, si j'en juge par le costume de cavalier qui, en dérobant aux regards le type de la beauté héroïque la plus parfaite et la plus mâle, a presque réussi à faire de vous un de ces nonchalants italiens, grands donneurs de sérénades, grands coureurs d'aventures, comme Winter-Halter nous les monter.

— Je m'attendais bien à ce que ce costume d'homme vous parût étrange, mais, ne l'oubliez pas, nous sommes sur une terre où tout sexe a, pour ainsi dire, le droit acquis de ce transformer. Ces habits de Sigisbé sont une fantaisie qui court journellement les rues depuis Rome jusqu'à Venise; et une femme, une étrangère surtout, n'est que sage lorsqu'elle les revêt comme une cuirasse... Mais parlons d'autre chose, ô mon dessinateur de roses! Savez-vous bien que vous êtes au moins fort hardi et très peu mordu par la dent des préjugés, vous qui n'hésitez point à rendre visite à une virago *assassine*. Assassine! je le suis très certainement, mon peintre, et il doit vous en souvenir.

— Vous m'y faites songer, Carmen, repartis-je. Vous disparue et les deux amants morts, la Havanne n'a plus dormi de huit jours. Tout le monde cherchait la clé de cette dramatique aventure, dont les suites me sont d'ailleurs plus inconnues qu'à tout autre, puisqu'au bout de la semaine même je quittai l'île de Cuba pour revenir en Europe.

— Eh bien, c'est à peu près comme moi, seigneur peintre. Ainsi que vous, je partis de cette terre qu'une immolation venait de rougir, avec la différence néanmoins que j'étais à peu près la seule à savoir ce qui se rapporte à cette histoire. Mais, avec mes amis, je n'ai pas de secrets trop cachés, et si vous voulez bien faire honneur à son déjeuner, Carmen va vous apprendre sans retard les derniers incidents de cette tragédie dont elle demeure l'âme.

Au même instant, Carmen se levant du sopha sur lequel elle et moi étions assis, me devança d'un pas dans la salle voisine, où sur une table richement servie se trouvait le repas qu'elle venait de commander en me voyant entrer. Dès que nous fûmes à table, la *charmante femme*, qui ne mangeait que pour la forme et tout juste autant qu'il le fallait pour qu'il lui fût loisible de me mettre dans la confidence de ses aventures, me parla comme il suit :

— Il est au moins superflu, dit-elle, de revenir sur la vieille histoire qui fit trembler la Havanne pendant huit jours. Je me suis engagée tout à l'heure à vous mettre au courant de quelque chose de plus nouveau, et je tiendrai parole. Me venger était bien, mais me soustraire aux rigueurs de la loi était surtout l'affaire importante. Mon double coup frappé, je dus songer à fuir. Au reste, je ne m'étais pas moi-même prise au dépourvu, ma retraite était préparée à l'avance.

Du jour où la fatale lettre de Dolorès tomba entre mes mains, mon plan fut tracé, et comme la moitié de ma fortune était déjà assise à l'abri de toute inquiétude, dans une petite maison de commerce de Livourne, je ne pouvais rien appréhender en quittant la colonie. Un navire anglais qui faisait voile pour l'Europe, me prit à son bord et me porta en Italie. Toutes les douleurs dont j'étais assiégée, toutes les larmes qui noyèrent mes yeux à la vue de cette terre où j'étais née et que je quittais probablement pour n'y plus revenir, je ne vous le dirai pas ; — ces angoisses ne sauraient ni s'exprimer ni se compren-dre. On ne pourrait pas davantage se faire une idée de la tristesse qui s'emparait de mon âme, lorsque, penchée sur le pont du navire, et jetant un dernier regard sur la plage qui fuyait derrière moi, je me rappelais une à une les heures d'ivresse et d'ineffable bonheur que j'avais autrefois goûtées à la Havanne, avec celui que je venais de tuer aussi impitoyablement. Mais en même temps, au point culminant de ces souvenirs, le sentiment de la jalousie reprenait le dessus. J'accusais mes regrets de faiblesse, et sentant mon sang bouillonner dans mes veines comme si c'eût été du plomb fondu, je m'écriais dans un violent accès de colère, qui me reprend souvent encore : — Fuis, fuis, terre maudite! fuis, fuis, nourrice des lâches et des parjures! Ni ton ciel rayonnant d'un azur inaltérable, ni ton sol resplendissant d'une éternelle jeunesse ne doivent servir d'asile à ceux de tes enfants dont le cœur saigne! allons trouver ailleurs la patrie, et si ce n'est l'amour, la paix et le repos m'attendent au moins en quelque coin ignoré du monde! Là-dessus, rentrant d'ordinaire dans ma chambre, je sentais mes tristesses revenir, et mes larmes, un moment taries, se reprenaient à couler.

— Mon Dieu, disais-je alors, il m'était bien venu une ou deux fois à la pensée de quitter l'île de Cuba, mais ce n'était point en fugitive isolée que je comptais le faire. Don Esteban, dans le temps où son cœur s'ouvrait devant moi sans réserve, me disait souvent :

— Écoute, Carmen, si quelque jour que je ne puis prévoir, mais qu'il ne m'est pas interdit d'espérer, la reine changeait ma résidence des tropiques en une garnison espagnole, je voudrais que cet évènement ne fut pas même le prétexte d'une séparation entre nous. Partant ensemble, nous visiterions l'Europe, mais en faisant la promesse de venir réchauffer nos vieux ans au soleil de cette Havanne, dont le séjour a tant de charmes pour moi.

Ces paroles étaient encore fixes à mon oreille, mais loin d'endormir mes douleurs, elles ne faisaient que r'ouvrir les blessures de mon âme. Le désespoir venait à la suite, et plus d'une fois, pendant les heures de délire qu'il m'apportait, je m'écriai :

— Après tout, si don Esteban n'est pas là avec moi, sur le même esquif, si au lieu d'aller voir la terre qui fut son berceau, il a teint de son sang celle où je suis née, j'en prends à témoin le Dieu qui donne à chacun la faculté de choisir, ce n'est pas à moi mais bien plutôt à lui-même que le pauvre fou doit l'imputer. Comme il a voulu rompre le premier le pacte qui nous unissait, il en a été le premier puni. Ce n'est que juste.

Mais j'avais beau m'évertuer en grands raisonnements, je ne parvenais qu'à demi à donner le change à mon cœur. Mon amour renaissait sans cesse, pareil à cet arbre mytologique dont le rameau d'or poussait toujours à la place de celui qui venait d'être coupé. Un fait demeurait en dernière analyse, c'était mon isolement. Il m'arrivait des craintes de toute nature, touchant ma vie à venir, dans un monde que je ne connaissais pas plus qu'il ne me connaissait lui-même.

— Sur quoi appuyer ma faiblesse? me disais-je.

Mais aussitôt ma pauvre tête se remettait à lutter de plus belle.

— Tu as bien fait, tu as bien fait Carmen, ajoutais-je en me parlant toujours à moi-même. Il fallait reconquérir, par une action énergique, l'estime de toi-même. Entre le rôle de femme humiliée et celui de Judith vengeresse, tu n'avais pas à choisir. Maintenant qu'il n'y a plus rien de lien puissant, ni aucun serment qui t'oblige à marcher dans un sentier plutôt que dans un autre, va à ta guise, fais de la vie une longue suite de fêtes, mets sous tes pieds la mousse et les fleurs ; c'est bien assez de porter au dedans de toi le deuil de tes chastes tendresses !

Mais le hasard en avait ordonné autrement.

XXXV.

La Confession.

Le peintre Maurice continua ainsi :

— Heureusement pour moi, mon ami, me dit Carmen, la traversée était près de fuir. Après trois longs mois de voyages, trois siècles de larmes pour moi, je pus enfin entrevoir la la terre d'Europe dont on m'avait si souvent parlé dans mon enfance. Un beau matin que l'équipage sommeillait encore, une voix harmonieuse se fit entendre, c'était celle du pilote qui annonçait que nous étions sur le point de toucher à l'Italie; et, en effet, à quelques heures delà, nous arrivions dans le port de Gênes. Lorsque les délais d'usage se furent écoulés et que les formalités prescrites eurent été accomplies, je pus enfin mettre pied à terre avec mes bagages et Lopez ce fidèle valet qui ne m'a jamais plus quitté que mon ombre.

Sur le môle du port, comme je ne savais pas encore de quel côté me diriger, je m'arrêtai auprès d'une sorte de Lazzaroni aux grands yeux noirs : la fainéantise et la volupté Italiennes personnifiées.

— Seigneur, lui dis-je dans le plus pur idiôme du Tasse, excusez, je vous prie, l'indiscrétion d'une étrangère, mais celle qui vous parle voit aujourd'hui l'Europe pour la première fois, et elle tiendrait à savoir au juste quelle est la plus folle des villes de l'Italie.

A cette étrange qestion faite d'une manière si étrange, l'insoucieux italien ne put retenir un sourire ; après quoi il me répondit en trainant la voix, avec l'accent particulier aux gens du pays :

— La plus folle ville de l'Italie, madame, autrefois c'était Venise, mais il y a longtemps que Venise n'est plus rien, pas même une courtisanne ! La ville où l'on s'entend le mieux à être fou et où l'on est vraiment digne de l'être, c'est Naples.

— Eh bien ! allons à Naples, dis-je à Lopez.

Et en même temps je remerciai mon officieux *cicerone* en faisant voler une pièce d'or dans son bonnet rouge, étendu à terre auprès de lui. Mais, au moment de partir, mon fidèle serviteur m'apprit une de ces choses essentielles que la plupart des voyageurs ignorent souvent, et qu'il est cependant d'une si grande importance pour eux de savoir. Il me dit que pour se rendre à Naples avec plus de vitesse, c'était par mer et non par terre qu'il fallait se mettre en route; on venait de quitter un navire, il fallait en reprendre un autre; c'était donc le même voyage à continuer. En attendant de prendre une décision, je voulus au moins visiter la cité dans laquelle je me trouvais.

Le lieu me plut, et avant de me rendre dans la plus folle des villes, je résolus de rester quelque temps à Gênes. A cet effet, une habitation assez petite, mais pourvue de tous les agréments désirables, fut louée immédiatement par les soins de Lopez. C'était un de ces palais de marbre, tout festonnés d'arabesques et cannelés de sculptures, comme il s'en rencontre tant dans la contrée. Son voisinage de la mer, le jardin qui se trouvait enveloppé dans ses murs et une merveilleuse disposition pour recevoir un soleil non moins généreux que celui que je venais de quitter, contribuaient à me rendre d'autant plus attachant ce charmant asile. Mais je ne tardai pas à voir qu'en dépit de ces avantages, cette maison n'était rien autre chose qu'une prison dont j'étais tout à la fois la captive et le geolier. Des murs de marbre n'en sont pas moins des murs et la solitude ne cesse pas d'être la plus triste des choses pour une jeune femme, même lorsqu'elle est entourée de sculpture! J'étais destinée à l'éprouver plus que personne. En effet, j'avais beau aller du salon à une délicieuse petite tourelle découpée à jour comme la plus fine dentelle, l'ennui assiégeait chacun de mes pas, et je me voyais bien ce que j'étais en réalité, la plus isolée de toutes les récluses.

— Lopez, dis-je un jour à mon loyal domestique, vivre ainsi que nous le faisons, ce n'est pas vivre. Trouve nous, d'ici à demain, deux chevaux de course, afin que nous puissions vagabonder à notre aise, selon nos habitudes de la Havane. Si cela ne nous réussit pas, Naples n'est pas bien loin, nous nous y envolerons sans plus tarder.

Ce que j'avais ordonné s'accomplit à la lettre. Le lendemain, à la chute du jour, comme je prenais le frais sur une terrasse, Lopez me dit de venir voir.

Je descendis. Deux beaux alezans piaffaient dans la cour. Au prime abord, je me convainquis que c'étaient de nobles animaux, richement caparaçonnés et portant l'oreille haute.

— Voilà bien ce qu'il nous faut, répondis-je en m'adressant à Lopez ; mais ce n'est pas assez d'un coup-d'œil. Jugeons mieux, s'il se peut, du mérite des bêtes ; essayons-les sur le champ. Inutile de vous dire que ce désir fut obéi en même temps que formé.

Lopez et moi, après quelques petits préparatifs, nous nous mîmes en selle, chacun sur une des deux montures qu'il avait choisies. Les portes de ma prison s'ouvrirent et nous ne tardâmes point à galoper en plein air, sur le rivage de cette mer de Gênes si poétique et toujours murmurante. Peut-être n'est-il pas hors de propos, mon cher ami, de vous apprendre que cette circonstance des galopades est un des épisodes les plus notables, je pourais dire l'un des plus tristes, d'une vie déjà trop incidenté.

Je vais donc vous instruire de cela le plus succinctement possible. En courant tout le long de la mer, la cravache au poing et la tête au vent, je n'avais, vous le devinez, aucune autre pensée, si ce n'est celle de courir. Mais cette fois-ci encore le hasard vint se mettre en travers de ces futiles passe temps, et d'un loisir sans pensée coupable, il fit un beau jour un drame des plus compliqués.

Comme au reste l'évènement se rattache à la sombre histoire que vous connaissez déjà, il est de rigueur que je vous en fasse part. A force de galoper aux mêmes heures dans la campagne de Gênes, j'avais fini, à ce que m'apprit Lopez, par me faire remarquer. Des jeunes gens de la ville qui s'exerçaient souvent dans des courses du même genre, me distinguèrent à la longue et quelques uns même se hasardèrent à me suivre à petite distance, lorsque je rentrais chez moi, le soir venu. Mais parmi tous ces jeunes gens, la plupart de familles patriciennes, aucun, comme vous le pensez bien, n'était de nature à distraire mes éternels chagrins. L'amour que j'avais voué à don Esteban survivait à tous mes ressentiments; il était comme une cuirasse de bronze sur laquelle glissaient toutes les émotions. Pour être franche, je vous dirai que c'était plus qu'un deuil, c'était encore et plus que jamais un culte.

Ma position vis-à-vis des jeunes cavaliers ne laissait pas que de devenir chaque jour plus difficile. La galanterie génevoise, qui n'est pas la moins ingénieuse ni la moins persévérante de toutes, faisait incessamment le blocus de ma petite maison. Cinq poursuivants aussi épris (il faut bien dire le mot) qu'ils étaient distingués, luttaient de lettres, de bouquets et de soupirs pour avoir accès auprès d'une pauvre âme qui a fait le serment de n'être plus ici-bas à personne. Dans l'origine, je sus opposer une résistance de diamant brut à toutes les attaques.

Mon fidèle Lopez aidant, les portes se fermèrent opiniâtrement devant les duègnes, les messagers de fleurs et de billets, surtout devant les cavaliers eux-mêmes. Je dois néanmoins l'avouer plus tôt que tard. Parmi les cinq jeunes gens, une exception pouvait être faite... et je la fis. Ce fut une grande faute sans doute, mon ami, la suite de ce récit vous prouvera combien j'en fus cruellement punie. Il est bon cependant que vous ne vous mépreniez point sur les relations que j'eus dès-lors avec Ascanio, marquis de Vitelloso. Riche, noble, bien fait de sa personne, Ascanio réunissait à ces avantages tous les agréments du visage. Le sien était l'un des plus purs de ce pays qui en a de si corrects. Bien qu'il eût souvent tenté de me connaître, la manière dont nous entrâmes en intimité fut toute fortuite.

C'était par un soir du mois d'août, l'atmosphère était embrâsée et le ciel plein d'orages. Comme je revenais de ma promenade habituelle, je remarquai que mon cheval, bête fougeuse s'il en fut, gonflait ses naseaux d'une façon inusitée, comme s'il eut respiré du souffre. La route que je suivais était parsemée de ces grosses pierres aigues si nombreuses dans la campagne de Gênes, et cette circonstance ne pouvait qu'augmenter mes alarmes.

Je me reprochais déjà d'être sortie par un tel temps, lorsque mon cheval, se câbrant tout d'un coup, me tint suspendue à un quartier de roche d'où l'on ne m'aurait plus retirée qu'en lambeaux si, au même instant, je n'avais senti deux bras libérateurs qui, me retenant avec force, ramenaient mon coursier dans le droit chemin. Je reconnus alors Ascanio, l'un des cinq jeunes hommes qui étaient presque toujours à ma poursuite.

— Seigneur, lui dis-je encore toute tremblante, si j'ai maintenant la vie sauve, c'est à vous seul que je le dois, et en même temps ma douleur est grande, car je ne sais comment il me sera jamais possible de m'acquitter envers vous.

— Je n'ai fait, répondit le jeune homme, que ce que le premier venu eût fait à ma place; il n'y a donc dans l'appui que vous avez rencontré en moi rien de bien méritoire, mais si vous croyez me devoir quelque chose il est une grâce que je vous demanderai à genoux.

Je regardai Ascanio tandis qu'il prononçait ces dernières paroles; ses deux grands yeux bleus éclairaient d'une lueur tendre son visage déjà empreint d'une mélancolie ineffable, et son front d'ivoire qu'aucune ride précoce ne sillonnait encore semblait réfléchir encore cette lueur comme une auréole.

— Qu'elle grâce un gentilhomme tel que vous peut-il avoir à demander à une pauvre récluse? lui dis-je.

— Ah! madame, cela ne peut-être un mystère pour vous. Mes lettres, mes fleurs et moi-même, nous vous l'avons assez dit : Je vous aime.. .. Je vous aime à tel point, poursuivit-il, qu'il faudra que je me résigne à mourir si vous refusez plus longtemps de me recevoir chez vous.

— Si ce n'est que cela, m'écriai-je dominée par une charmante naïveté, et essayant de rire le plus possible ; vivez, Ascanio. J'aurais, en effet, bien mauvaise grâce à causer la mort d'un cavalier qui vient de me sauver la vie au péril de la sienne.

— Quand donc pourrai-je avoir le bonheur de me présenter chez vous ?

— Demain.

Avec ce mot, je lui tendis ma main ; il la baisa, ivre de joie, et s'éloigna par un chemin, tandis que Lopez et moi, nous nous retirions pas un autre. Au moment d'entrer dans ma prison, je regardai mon vieux serviteur ; il avait l'air soucieux.

— Lopez, qu'avez-vous ? lui demandai-je.

— Un peu de tristesse, madame.

— Qui l'a fait naître ?

— Un Souvenir.

— Mais ce souvenir, quel est-il ?

— C'est que madame à juré autrefois de n'aimer plus personne.

— Eh bien ?

— Eh bien, il me semble que madame aura le cœur bien chevillé au corps si elle tient cette promesse là.

— Pourquoi donc, Lopez?

— Parce que ce jeune Italien a de trop grands yeux bleus pour qu'elle n'en soit pas folle.

............Malgré les émotions de cette soirée, reprit Carmen, je passai une nuit assez calme. Les rêves que je fis m'apportèrent bien sur leurs aîles la douce image d'Ascanio, mais cette apparition ne réussit point à agiter mon âme; en sorte qu'en m'éveillant ma volonté fut encore celle de la veille.

— Si ce pauvre enfant vient frapper à ma cénobie, mon plan est tout tracé, pensai-je, c'est comme ami et non pas à aucun autre titre que je le recevrai.

Les choses arrivèrent bien ainsi que je l'avais souhaité. Le lendemain, vers le milieu du jour, un grand coup de marteau fit résonner tous les échos de ma demeure, et mon bon Lopez qui, cette fois, avait reçu l'ordre d'ouvrir, vint m'annoncer la visite du jeune marquis. Au moment où Ascanio entra dans ma chambre, j'étais assise sur un sopha, occupée à feuilleter je ne sais plus quel album de marines et de croquis divers.

Je laissai soudain tomber mon livre et l'allai recevoir.

Sa mise, plus qu'élégante, semblait donner à entendre que, dans son esprit, le jeune homme se préparait à ce qu'on appelle *un assaut d'amour*; peut-être même songeait-il à s'avancer dans un pays de conquêtes. Son attitude moitié hardie, moitié réservée, me faisait sourire; mais je n'eus bientôt plus aucun doute sur ses intentions, lorsque nous étant assis l'un et l'autre, je le vis jeter sur mes genoux une touffe de jasmin et de roses que je n'avais point encore aperçue.

— Écoutez, mon cher Ascanio, lui dis-je

assez brusquement, je veux bien accepter l'hommage de ces fleurs, mais je ne puis les tenir que d'un sentiment désintéressé. Aujourd'hui comme hier, je vous dirai : « Point d'amour ! » hélas ! il m'est impossible d'en ressentir pour personne, de même que personne n'en peut ressentir pour moi. L'amitié et ses sympathiques épanchements, à la bonne heure, voilà ce qui doit nous unir, si vous le voulez bien.

Il parut autant surpris qu'accablé de ces paroles, et finit par me dire que mes moindres désirs étant des ordres pour lui, il s'y conformerait; mais dans cette déclaration qu'il me faisait, il était aisé de voir que son cœur et ses lèvres n'étaient pas d'accord, et que probablement ces dernières mentaient. Mais qu'y pouvais-je faire? Je souffrais trop moi-même pour qu'il me vînt à la pensée de guérir le mal des autres.

— Enfant, ne cessais-je de dire à Ascanio,

faites un violent effort sur vous-même, rejetez au loin, arrachez de votre sein cette flamme qui brûle, comme on tire d'une piqûre l'aquillon qu'y a laissé l'abeille. L'amour, auquel, depuis que l'homme existe, tant de victimes ont fait une si grande réputation, n'est, en fin de compte qu'un préjugé ou qu'un leurre; il ne compense pas la moitié des larmes et du sang qu'il fait répandre.

— Et bien oui, me dit-il un jour, oui Carmen, votre manière est la seule bonne. Etre franchement amis l'un et l'autre sans redouter jamais les désirs ni les emportements de la jalousie, voilà comme il convient souvent d'entendre l'affection. Soyons frère et sœur.

Dès ce moment, les visites d'Ascanio devinrent plus fréquentes; je le voyais venir chaque jour dans mon ermitage d'où nous allions ensuite faire nos promenades du soir sur le bord de la mer.

La musique, qu'il aimait avec passion, était

notre principal loisir, et rien n'empêchait ceux qui passaient le long de la Palazzina de prendre la petite maison de marbre pour l'un de ces couvents d'Italie à demi-profanes où les moines passent leur vie à chanter les louanges du Seigneur, sur l'orgue et sur le piano. Un temps arriva cependant où mon jeune ami fut moins assidu; une affaire dont les soins le retenaient tout entier à la ville était, disait-il, la seule cause de son absence; mon pauvre Ascanio mentait. Cette grande affaire, la plus interminable des choses de ce monde, c'était l'amour. Hélas! oui, c'était bien l'amour, ce terrible ennemi de la jeunesse! Aux discours d'Ascanio, déjà moins expansifs, à ses traits contractés par la morne langueur particulière à ceux qui aiment; à mille signes enfin, je devinai la moitié de la vérité, et je me promis bien de savoir sous peu à quoi m'en tenir sur le tout. Une de nos promenades du soir suffisait pour me donner tout prétexte de m'éclairer à cet égard, et, attachée comme je l'étais à Ascanio, je tenais à ce qu'il m'ouvrît pleinement son cœur, et s'il y avait lieu à ce qu'il me montrât les plaies dont il pouvait souffrir.

— Surtout ne me cachez rien, mon frère, dis-je au jeune homme, et si ce mal redoutable vous tourmente, si vous aimez d'amour, ainsi que je crois le comprendre, parlez-moi comme un frère doit parler à sa sœur, dites-moi vos joies comme vos larmes. J'accomplirai un devoir en vous montrant à mon tour où est l'écueil et où est la pleine mer. Allons, point de fausse honte : je vous écoute.

Il hésita longtemps, et comme nos chevaux marchaient à petits pas, il se décida enfin à tout me confier. J'appris de lui que, depuis bientôt quinze jours, son cœur n'était plus libre; rebuté par moi, à ce qu'il m'avoua, et ne voyant qu'une sœur là où il avait voulu trouver une amante, la jeunesse avait été chez lui plus forte que la raison ; il avait cherché à se retremper dans les sources de la plus noble des passions et un heureux hasard n'avait pas tardé à favoriser ses projets. Dans un bal donné par le riche banquier juif Isaac Grumpolini, dont la maison est le rendez-vous de tous les personnages de distinction, à Gênes, il avait fait la rencontre d'une jeune et jolie étrangère, espagnole comme moi, comme moi venant en Italie pour la première fois, et vers laquelle il s'était instinctivement senti attiré. La dame, il est vrai, sachant à merveilles dispenser les œillades, avait puissamment contribué à développer les germes de cet amour puissant. Ascanio eut même le courage de m'avouer qu'au plus fort d'un quadrille, l'espagnole était allée jusqu'à lui faire à voix basse la même confidence qu'une anglaise de la cour du roi Louis XV fit un soir à Lauzun, et qui consistait à écrire au crayon ces trois mots sur les lames d'ivoire de son éventail : *Je vous aime !*

Depuis cette soirée mémorable, les deux amants s'étaient revus. Le feu attisé n'avait fait que s'accroître, et ils ne pouvaient plus vivre que l'un près de l'autre. La dame espagnole surtout, noyée de tendresse, disait ne tenir à la vie que par l'amour que lui inspirait Ascanio. Ils allaient donc, s'adorant chaque jour davantage. Leur bonheur toutefois n'était pas sans nuages, car la dame était au pouvoir d'une sorte de mari féroce, espèce d'Othello castillan qui n'entendait pas raillerie sur les coups de canif donnés frauduleusement dans le contrat de mariage.

— Ascanio de mon cœur, laissez-moi vous faire une prière, avait dit l'épouse tremblante au pauvre jeune homme; je veux que vous vous teniez sur vos gardes, car l'œil et la main de notre ennemi veillent sans cesse. Ah ! oui, redoutez surtout mon mari; c'est un homme qui a le cœur bourré de prose, et qui est parfaitement incapable, par sa nature, de rien comprendre à la poésie du sentiment. L'expérience ne me l'a que trop démontré! Une fois, sur un soupçon mal fondé, il a donné un grand coup d'épée à un jeune homme qu'il accusait de m'entourer de soins; et ce qu'il y a de plus monstrueux, c'est que, tourmenté au-delà de cet acte de vengeance par le fantôme de la jalousie, il m'a fait poignarder, moi-même, par la maîtresse de ce jeune homme, une harpie!

Mais à ce langage tout coupé de sanglots, mon Ascanio, brave comme on l'est toujours à vingt ans, avait conjuré la belle éplorée de rejeter ses craintes.

Le péril étant, du reste, à ses yeux l'assaisonnement indispensable de l'amour, il l'appelait, bien loin de le fuir, et, comme un chevalier des anciens jours, il se reposait héroïquement sur son épée du soin de faire respecter la femme dont il était aimé. Le soir où il me faisait ces confidences fraternelles, nous chevauchions côte à côte, cheval à cheval, bien que sa monture assez lourde eût peine à suivre la mienne à pas égal. Je crois que je serais allée ainsi jusqu'au bout du monde, tant je ressentais de plaisir à l'entendre ! Nous marchions depuis quelques instants de la sorte, lorsque mon pauvre Ascanio s'arrêta tout d'un coup, à un angle où la route se divise en plusieurs sentiers.

— Je ne vous ai pas tout dit, ma sœur, fit-il ; cette femme à laquelle j'ai voué mon âme, elle demeure comme vous dans une habitation assez éloignée de la ville. Malgré la surveillance active du mari, c'est à cette résidence que je vois le plus souvent ma chère maîtresse..... Elle m'y attend ce soir même, ajouta-t-il, et excusez-moi, Carmen, mais le temps me presse. D'ici à la Pallazina à laquelle il me faut alle, il y a bien une demi-heure de chemin, et j'ai grand'peur d'arriver trop tard, ce que je ne me pardonnerais pas.

Quant à moi, tourmentée par l'idée qu'Ascanio allait peut-être courir quelque danger, je voulus du moins abréger la longueur de sa route et je lui offris mon alezan qui, plus agile que son gros cheval, était en état de franchir la distance dont il avait parlé, en moins de quelques minutes.

Ascanio ayant accepté mon offre, nous changeâmes de monture l'un et l'autre, et après m'être assurée que rien ne manquait à l'équipement de mon cheval.

— Vous reviendrez demain, mon frère? lui dis-je.

— Demain! répéta-t-il en partant au galop. Mais je le rappelai immédiatement.

— Ascanio, encore une question, la dernière.

— Laquelle, ma sœur?

— Quel est le nom de la femme que vous allez trouver? faites-moi encore cet aveu là.

Il sourit, et me cria en partant cette fois-ci comme l'éclair, en faisant siffler sa cravache :

— Le nom de celle que j'aime? demandez à toute la ville, Carmen, on vous répondra que c'est la senora dona Dolorès de Champy, une noble femme, encore plus jolie qu'elle est noble!... adieu.

Dona Dolorès de Champy! ma rivale de la Havane! celle qui m'avait enlevé le cœur de don Esteban! En pouvais-je croire mes oreilles? Dona Dolorès de Champy! Ces paroles terribles d'Ascanio vinrent droit à mon cœur et le frappèrent comme la mort. Mais la tragédie des bois du Cid n'était donc qu'un vain rêve? La lame de mon poignard m'avait donc trompée? Que penser de ce revers étrange? Hélas! pâle, défaillante, et la tête pleine de délire, je ne sus plus ce que je devins. Seulement, quand le petit jour commença à éclairer mes yeux, je me retrouvai dans la chambre de ma palazzina; je reconnus auprès de moi mon fidèle Lopez qui m'entendait répéter à chaque instant, d'une voix surexcitée par la fureur :

— Dieu ne veut pas qu'entre cette femme et moi le combat soit fini; non, non; amour vengeur de don Esteban, réveille-toi! L'expiation promise n'est que commencée, il faut l'accomplir!

— Quand je disais, répétait alors *mon vieux serviteur* en joignant les mains, quand je disais que le jeune homme aux yeux bleus la rendrait folle, avais-je donc si grand tort?

. . . .

Dès que je fus un peu remise, et qu'il n'y eut plus aucun danger à m'entretenir de ce qui s'était passé quelques heures auparavant,

Lopez, dont les bons soins n'avaient cessé de me protéger, m'avoua qu'il connaissait depuis quelque temps déjà le fatal secret que m'avait dévoilé Ascanio, mais que la crainte de troubler mon repos l'avait seule détourné de me faire cette confidence. Il me dit tenir d'un serviteur de la maison de Champy, les particularités les plus intimes touchant le voyage de dona Dolorès en Italie. D'après ce qu'il me rapporta, j'avais été moi-même plus menaçante que terrible, sous les orangers des bois du Cid, et au lieu de deux victimes que je pensais avoir laissées sur le terrein, le corrégidor et les autres officiers de justice n'en avaient trouvé qu'une, qui était bien don Esteban. Quant à la femme que je m'imaginais avoir frappée comme lui, elle n'avait été que superficiellement atteinte, et, recueillie par une famille de planteurs des environs, elle avait été ramenée à la Havane avec assez de mystère pour que son aventure ne fût connue que d'un petit nombre de personnes. A six mois de là, son mari étant revenu de Madrid, avait à peine eu vent des principaux incidents de ce drame, et comme sa fortune atteignait un chiffre exorbitant, il avait réalisé toutes ses valeurs commerciales et agricoles en argent, et était reparti avec sa femme pour l'Europe, la seule patrie du monde où l'on puisse faire figure.

Tout ceci n'était donc pas déjà si invraisemblable que je l'avais d'abord supposé, et, en réalité, il ne restait de surnaturel que ma fureur jalouse, que tous ces évènements avaient fait naître. Quand il ne me fut plus possible de douter, et quand les rapports de mon vieux domestique m'eurent fait admettre la vérité, que je repoussais toujours, je ne voulus plus parler à personne; j'envoyai coucher Lopez; je voulais être seule.

Du sopha où j'étais à demi-renversée, je me jetai tout habillée sur mon lit; mais j'étais trop agitée pour dormir. Je me relevai, j'ouvris ma fenêtre. L'air froid du matin me calma un peu. Je ne puis dire ce qui se passait en moi. Je pleurais comme un enfant, et je sentais avec rage mes larmes brûlantes sur mes mains glacées.

J'ignore combien de temps je demeurai assise sur ma fenêtre ouverte, le front soudé à l'appui du balcon : je ne pensais à rien, je ne percevais rien ; j'étais absorbée dans je ne sais quelle exaltation qui transportait tout mon être. L'opium doit produire une ivresse pareille. Parfois seulement mes nerfs se contractaient douloureusement : c'est qu'alors mes souvenirs et mes colères se heurtant ensemble au passage, il semblait sortir de ce choc quelque chose de funèbre, le dernier soupir de don Esteban, ou un glas de mort. Vers le matin, lorsque l'horizon s'empourpra des premières teintes de l'aurore, je me jetai de nouveau tout habillée sur ma couche ; ma tête était brisée, mes paupières brûlantes, tout mon corps affaissé. Je dormis d'un sommeil léger, troublé par des rêves bizarres. Ma pauvre tête était un chaos où se succédaient avec rapidité une fantastique, mille figures terribles et gracieuses, des larmes et des baisers, du sang et des paroles d'amour. Mon esprit s'y confondait... La femme qui m'avait enlevé tout mon bonheur, je l'entrevoyais comme un instrument de la fatalité, m'arrachant deux fois plus que la vie à la Havane, et deux fois sortant sauve d'une vengeance où elle devait mourir la première. Je l'entrevoyais encore venant jusqu'au fond de l'Italie empoisonner les joies que je m'y étais faites dans le sein de la solitude.

Cette image me remplissait l'âme de tristesse, et emportée par un légitime courroux, je m'écriais en m'élançant vers elle :

— Fantôme ! quand me laisseras-tu ?

Mais le spectre semblant se rire de ma douleur, revenait sans cesse, et paraissait me menacer de nouveaux malheurs. Vainement il me semblait impossible que ce fût là cette femme que j'avais vue à un an de là, embrassant mes pieds et me demandant pardon; l'odieuse vision ne disparaissait point, et elle resta droite devant moi, sur l'oreiller, tant que dura ce sommeil de la fièvre et de la démence. Ainsi, je passai près d'une heure à flotter entre le ciel et l'enfer. Epuisée par tant d'émotions dévorantes, je finis cependant par sortir de ce pénible sommeil. La fenêtre du balcon étant ouverte, j'y retournai, et me mis à regarder d'un air stupide la route qui étincelait aux rayons épaissants du soleil...... Lorsque tout-à-coup je me relevai en jetant un cri... J'avais vu un nuage de poussière s'élever à l'horizon, et j'entendais le galop précipité d'un cheval. A ce bruit, je serrai mon cœur à deux mains, comme si j'eusse craint qu'il ne brisât son enveloppe;

et je penchai ma tête sur le sentier. Je reconnaissais bien le pas de mon alezan; c'était bien Ascanio, mon bel Ascanio qui revenait me voir. Le cheval fila sous mes yeux comme un caillou lancé par une fronde; mais la selle était vide, la bride traînait dans la poussière, et les étriers battaient contre les flancs fumants du coursier.

Une terrible vérité se révéla alors à moi.

— Le cheval revient seul, me dis-je, c'est que mon pauvre Ascanio est mort!

Je tombai roide sur le balcon.

J'ignore combien de siècles se sont écoulés depuis. Lorsque je me réveillai, le lendemain, à ce que je crois, j'étais dans mon lit; j'avais la fièvre; Lopez veillait à mon chevet, et un docteur comptait les pulsations de mon pouls.

Aussitôt que je fus parvenue à rassembler quelques idées, je me levai brusquement sur mon séant, et je demandai Ascanio d'une voix déchirante.

Ainsi que je ne l'avais que trop bien deviné, Ascanio n'existait plus : mon cheval l'avait jeté sur un tas de pierres qui bordaient le chemin, et le malheureux enfant avait expiré sur le coup. Je reçus cette nouvelle avec un horrible sang-froid. Je déclarai que ma santé n'exigeait ni les soins du médecin, ni les veilles de mon serviteur : je voulus être seule. On m'obéit.

Je restai seule trois jours entiers dans ma chambre. Vingt fois Lopez se présenta pour entrer, la porte lui fut refusée vingt fois. Dieu seul a pu savoir ce que ses yeux ont versé de pleurs. Lorsque je sortis, j'étais calme et la pâle maigreur de mes traits accusait seule les douleurs qui avaient ravagé mon âme. Je défendis que le nom d'Ascanio fût prononcé devant moi : vous êtes le seul, ô mon peintre ! devant qui mes lèvres aient fait entendre ce nom désormais aussi sacré pour moi que celui d'Esteban. J'ordonnai en outre que mon alezan ne fût jamais monté de sa vie, et je payai dix onces d'or pour qu'on le laissât toujours errer à sa guise, dans les prairies voisines. Quelques jours après que ces dispositions eurent commencé à être exécutées, lorsque je passais triste et solitaire le long des haies d'aubépine et de coudrier, le noble animal élevait la tête au-dessus des buissons, et m'appelait en hennissant ; mais je ne lui répondais que par un regard de douloureux reproche, et je suivais le sentier en l'arrosant de mes larmes.

Je refusai, dès ce jour, de retourner me promener sur le bord de la mer ; je ne voulus jamais revoir les lieux que j'avais parcourus avec mon doux Ascanio ; j'ai gardé, dans toute leur virginité les impressions que m'a laissées l'amitié fraternelle de ce noble jeune homme. Cependant je ne plaignais jamais le sort de ce pauvre enfant. Eh ! pourquoi le plaindrais-je? Il est mort comme toutes les généreuses intelligences devraient souhaiter de mourir : dans la verdeur de ses premières illusions ; il s'est enseveli dans le luxe de son feuillage ; il n'a point, comme moi, assisté à sa propre ruine. Heureux enfant! il n'a pas su tout ce que la vie a de dégoût et d'amertume, tout ce que les affections humaines ont d'impuissant et d'incomplet ; il n'a essayé ni les défections de l'amitié, ni les trahisons de l'amour ; il en est peu qui doivent aussi bien mourir !... Je me disais cela pour fermer, s'il se pouvait, la nouvelle blessure faite à mon cœur ; mais en même temps, il n'était point en mon pouvoir de rejeter un autre sentiment qui sortait tout armé de cette blessure. Si Ascanio était mort, si j'avais perdu mon frère d'adoption, je ne pouvais le méconnaître, c'était encore et toujours à dame Dolorès que je devais ce nouveau coup. Le supporter, je ne dis pas sans me plaindre, je ne suis point si magnanime, mais sans le rendre au centuple, sans en obtenir une réparation éclatante, eût été au-dessus de mes forces.

A mes yeux, le sang veut du sang. Il fallait que dona Dolorès payât du sien tout celui qu'elle avait fait répandre. Il n'y eut donc plus dans ma tête qu'une seule pensée, qui était de frapper le plus cruellement qu'il se pourrait la femme qui avait causé tous les maux dont je souffrais. M. de Champy, mari de Dolorès, menant un grand train par toute l'Italie, il ne me fut pas difficile de savoir, par ses valets, le moyen le plus propre à m'introduire jusque chez lui. Mais ce n'était plus à une vengeance vulgaire que je voulais demander le redressement de mes griefs. Tuer en assassin, ce n'eût été que tuer à demi, et le retour de ma rivale ne me l'a que trop prouvé; faire mourir en femme était bien plus à ma convenance, et je commençai, dès ce moment, à dresser l'artillerie de mes moyens d'attaque.

La mort d'Ascanio, pour m'avoir profondément affligée, n'avait pourtant pas réussi à éteindre en moi le souvenir de don Esteban. L'image de mon amant était inflexiblement demeurée coulée en bronze dans mon cœur; c'était une chaste passion qui renaissait chaque jour, et qui, chaque jour, se poétisait davantage sous le prisme des souvenirs.

Je suis ainsi organisée, que dans tout ce que je fais, comme dans tout ce que je dis, il y a immanquablement quelque chose qui se rapporte à ce premier et virginal amour flétri dans sa fleur. Ainsi, quand Ascanio me fut enlevé, en pleurant le frère je versais des larmes sur l'amant; de même, en demandant compte à dona Dolorès du trépas du pauvre Génois, je devais aussi avoir en vue cette vieille dette de la mort de don Esteban, mort dont j'avais été l'instrument, mais dont elle avait été l'auteur. Un de ses nombreux domestiques, cupide comme cette sorte de gens l'est toujours de ce côté de l'Italie, n'hésita pas à entrer occultement à mon service. Moyennant quelques piastres, je savais de cet homme tout ce que j'étais intéressée à apprendre, si ce n'est plus.

La dame, à ce qu'il paraît, s'était montrée d'abord un peu affligée du funeste évènement qui avait aggravé mon deuil; mais la mort tragique d'Ascanio ne lui avait causé qu'une douleur passagère, et ses larmes, si elle en versa, avaient été si merveilleusement cachées, que le seigneur de Champy, son mari, n'avait pu en voir la moindre trace, lui qui voyait les choses avec une pénétration si prodigieuse!

Il y avait mieux: le valet me confia qu'afin, sans doute, de chasser de son esprit des souvenirs qui pouvaient trop lui peser, Dolorès, pour se consoler, songeait déjà à la conquête d'un nouvel amant, ce qui n'était, après tout, qu'une chose toute naturelle aux yeux de bien des gens, et absolument conforme aux mœurs du sigisbéïsme italien.

Mais l'époux était en ceci l'éternel obstacle; la coutume n'était rien pour lui, et le sang Maure d'Espagne qui coulait dans ses veines se révoltait à la pensée de voir un autre homme que lui s'approprier l'amour et la beauté de sa capricieuse moitié. Afin donc qu'aucun profane ne touchât à son trésor, cet autre dragon du jardin des Hespérides décida tout d'un coup de quitter Gênes, et de transporter sa pomme d'or à Venise — bien qu'en fait d'amours inconstantes, cette dernière cité eût incontestablement une fort mauvaise réputation.

XXXVI.

Où il est démontré pour la millième fois que l'Habit ne fait pas le Moine.

— Ce voyage projeté, entrait on ne peut mieux dans mes idées. Il me semblait plus naturel de me venger en une autre contrée qu'à Gênes, où tant de spectres sanglants me poursuivaient sans cesse. Le couple allant donc à Venise, j'avais décidé que j'irais aussi; et je dois vous dire qu'à ce sujet, une comédie fut arrêtée entre le valet et moi. Vous allez voir laquelle. Il fut convenu que je serais soigneusement instruite du jour du départ de Dolorès. Je devais, ce jour-là, me mettre en route moi-même sur le même chemin qu'elle et sa maison.

Tout cela s'exécuta à la lettre; mais pourtant avec un supplément d'accessoires dont je ne vous ai point encore parlé. La fantaisie qui vous a si fort étonné lorsque vous êtes entré ce matin ici, était déjà en germe dans mon esprit, et je commençais même à porter des habits d'homme. Cette façon de se costumer, grâce à un certain art que je possède de dissimuler mon sexe, m'offrait, entr'autres avantages, celui très-précieux de courir sans rien redouter des godelureaux importuns partout où je voulais courir Veuillez, je vous prie, ne point rire, seigneur peintre; cette métamorphose est plus sérieuse que vous ne le pensez, sans doute, et je me charge de vous le démontrer en temps et lieu. En attendan, laissez-moi achever mon récit, et revenons, s'il vous plaît, sur la route où je me suis laissée tout-à-l'heure. Equipée en cavalier, bien mise, éperonnée dans la perfection, ayant soin, avant toute chose, d'être bien virile dans mon attitude, je m'avançais à petit pas, à cheval sur mon alezan, lorsqu'à un mille de Gênes, à travers de gros tourbillards de poussière, je distinguai deux magnifiques attelages qui s'avançaient avec une grande vitesse et un grand luxe de laquais. Ces voitures, ainsi que mes renseignements me l'avaient appris, étaient bien celles de dona Dolorès qui, selon les vœux de son mari, partait pour Venise.

En les voyant ainsi courir sur la route poudreuse, je me mis à repasser mon rôle, et me redressai en me cabrant sur l'appui des étriers. Suivant les conventions intervenues entre le valet et moi, je ralentis tout-à-coup le pas, jusqu'à ce que le premier carosse, qui était le plus riche des deux, m'eût atteint. Donnant alors à mon maintien cet air intéressant que les amoureux excellent à prendre et à quitter; je m'approchai assez près de la portière de la voiture pour attirer l'attention de la dame. L'évènement que j'avais combiné se réalisa à point. En effet, comme le valet à mes gages caracolait le long de la voiture, à côté de sa maîtresse, celle-ci, charmée de rencontrer déjà un commencement d'aventure, dit d'une voix discrète qui ne pouvait être entendu que de lui seul :

— Olepherno, savez-vous quel est ce jeune cavalier qui nous suit de la sorte, avec une démarche si gracieuse?

— Oui, senorita, n'avait pas manqué de répondre le rusé coquin. Entre nous, je ne connais que ce jeune seigneur, l'un de ceux qui vous admirent le plus.

— Ce n'est point cela que je vous demande, mais son nom : Comment s'appelle ce jeune cavalier ?

— Senora, on le nomme Froscari, et il n'est autre que le frère d'adoption de feu le seigneur Ascanio.

— C'est le frère d'Ascanio, dites-vous ?

— Lui-même, senora ; trouvant à Gênes trop de sujet de tristesse, comme vous.....

— Il m'importe, dit la dame, c'est un jeune homme qui se tient fort magnifiquement à cheval.

En disant ces mots, elle referma la portière.

. . . .

— Vous devez être maintenant sur la voie, continua Carmen, en emplissant coup sur coup mon assiette d'un adorable salmis, et mon verre d'un vin qui ne l'était pas moins.

Mangez et buvez comme si vous étiez chez le Saint-Père, et tâchez surtout de ne point vous étrangler à chaque incident un peu dramatique que je vous raconte. Vous vous êtes, du reste, fort bien acquitté de votre office d'auditeur, et ne m'avez jamais interrompu, ce dont je ne saurais vous savoir trop de gré. Cette bienveillance que vous m'avez accordée, j'ai donc tout lieu de penser que vous me la conserverez; mais d'ailleurs, ce que j'ai à vous dire à présent n'est plus que le dernier alinéa de mon histoire, et afin de ne point abuser de votre longaminité, nous allons le finir en même temps que nous entamerons le dessert.

En disant ces paroles, la *gracieuse femme* sonna, et deux servants, précédés de Lopez, placèrent sur la table des pyramides de friandises, et de ces innocentes cascades de crême qui sont en petit, dit-on, l'image des fleuves du pays de Cocagne.

— Je suis sûre, reprit mon amphytrion femelle, que vous êtes fort indigné ; vous ne pouvez comprendre encore où j'en veux venir, ni ce que je fais à Venise, sous ces habits, avec ces éperons, cette cravache et ces fausses moustaches d'un noir de jais ; mon Dieu, le commencement a dû cependant vous faire entrevoir la fin, qui n'est que fort simple, comme vous ne tarderez point à le savoir.

Sachez donc qu'une fois arrivée à Venise, je ne fus pas fort en peine de me faire introduire chez dona Dolorès. Il va sans dire que mon chapeau, mon habit, mes éperons et ces magnifiques moustaches que voilà, furent invitées avant moi. Le seigneur de Champy qui, au demeurant, est un bon homme, quand on ne le brusque pas trop, ne se fit pas trop tirer l'oreille pour m'admettre dans ses fêtes de nuit, bals et festins, où j'eusse trouvé de la joie et du plaisir, si ces deux choses n'étaient pas depuis long-temps mortes pour moi dans don Esteban et dans Ascanio. Mais, n'oublions point que c'était mon plan qui voulait que j'assistasse à ces solennités, et non mon cœur. Dona Dolorès, qui n'a pas cessé d'être, comme vous avez eu le loisir de le comprendre, une personne fort galante et fort tendre, prit, sans beaucoup de difficultés, ma tristesse pour des désirs que je n'osais formuler, et alluma peu-à-peu son amour au feu de mes regards. J'ai l'air de vous dire des folies, ou tout au moins des absurdités choquantes; folies et absurdités tant qu'il vous plaira, mon peintre, n'oubliez pas qu'il court encore en Italie des fables étranges dans le goût de celles qu'un de vos auteurs français a récemment esquissés, dans un beau livre en deux volumes, sur les amours d'une femme qui était un homme, ou plutôt d'un homme qui était une femme. — Le fait est que, statues antiques à part, les fragolettas peuvent être nombreuses de Naples à Rome, et de Rome à Venise.

Tel n'est pas mon cas cependant; Dieu m'a fait femme, et femme je veux rester; seulement, je voulais, à force de stratagème, incendier bravement le cœur de la senorita, sous les apparences d'un cavalier à tous crins, et c'est ce qui ne manqua pas d'arriver.

Une perfidie de plus ou de moins n'était pas grand'chose pour l'épouse de M. de Champy. Après don Esteban, Ascanio; après Ascanio, le seigneur Foscari; c'est une de ces petites dames qui n'y vont pas de cœur mort, et écrivent volontiers un billet d'amour sur la lettre funéraire de leur dernier amant. Je trouverais, quant à moi, que ces sortes de femmes sont les plus dangereuses du monde, si elles ne me semblaient être avant tout les plus méprisables.

Toujours est-il que les cajoleriers, les œillades, les sourires les plus énivrans, se tournaient toujours de mon côté. J'en étais comblé et accablé. Vingt jeunes gens se flétrissent sur leur tige pour les beaux yeux de l'inhumaine, il y a parmi eux des fils de sénateurs, des Gitons de cardinaux, des principicules Allemands, des petits Byron accourus du bout de l'Europe, tout ce qui couvre le pavé de Venise d'or et de bruit; mais non, c'est sur moi, prétendu seigneur Foscari, jeune homme postiche comme mes moustaches, que convergent toutes les attentions de dona Dolorés.

Au palais Garibaldi, où elle réside, il y a, au delà d'un jardin où s'épanouissent le jasmin et le chèvrefeuille, un pavillon construit jadis sous les yeux du Titien. Ce pavillon m'a déjà vu deux fois à genoux devant la dame et lui dépeindre une flamme qui ne demande pas des baisers pour s'apaiser.

Mais vous comprenez que, quelque jalouse et quelque vindicative qu'on soit, on ne commet pas d'inconvenances, et je ne consentirai jamais à faire du palais du seigneur de Champy le théâtre d'un drame bien noir et bien effroyable. La dame, au reste, aveugle en sa folie, me suivrait au bout du monde, et viendra toujours soupirer aux lieux où je voudrai qu'elle vienne. Cependant, ce rôle étrange et odieux me pèse pour tout autre motif que la vengeance, il me coûte de le continuer plus longtemps. Je veux d'ailleurs que tout ceci ait une fin, et je ne suis pas fâchée que vous soyez là pour y assister.

— Que voulez-vous dire? fis-je.

— Une chose fort simple, Maurice, j'ai pour cet après-midi même un rendez-vous avec dona Dolorés, et comme ce doit être le dernier, je voudrais que vous le vissiez au moins à distance; car je vous en avertis, ce sera fort curieux.

— Pardon, madame, repris-je, mais au train dont vous menez la chose, je vous sais capable de rougir le terrein, et ma participation silencieuse dans un pareil jeu ne laisserait pas que de me compromettre. Or, vous le savez, j'aime trop la clé des champs pour me voir jeté comme ce pauvre Sylvio Pellico dans les *plombs de Venise*.

— J'avoue, reprit Carmen, que vous devez être défiant ; néanmoins, je vous le jure, je vais à ce rendez-vous comme irait le fils d'un bourgeois , n'ayant d'autres armes qu'une houssine et mes moustaches.

— Mais, où faudrait-il aller?

— A la taverne du Lido, toute plantée de tonnelles ; l'entrée en est libre à toute heure.

— Mais que s'y passera-t-il ?

— Vous verrez !

XXXVII.

Des choses extraordinaires qui se passèrent sous la Tonnelle, à la Taverne du Lido.

— Messieurs, continua Maurice, prêtez moi pour la dernière fois votre honorable attention, car ainsi que l'avait promis la dame Carmen la fin de l'aventure approche. A partir de ce moment solennel, votre narrateur doit être cru sur parole, non pas comme un télégraphe constitutionnel (ne rions pas), mais bien à l'instar d'un des quatre évangélistes. La raison sur laquelle il se fonde pour inspirer cette croyance consiste en ce qu'il est devenu, non-seulement témoin oculaire et auriculaire, mais aussi un peu acteur des scènes qui vont se succéder devant vous.

La belle résolution de Carmen eût son effet. Au moment où sonnaient deux heures de l'après-midi à l'horloge de la place Saint-Marc, la jalouse, parée de son costume bizarre, dont l'hermaphrodisie piquante eût fait rêver à un artiste la statue de Polyclète, tandis qu'un prêtre eût cru voir en elle chérubin ayant volé à sa marraine une robe ou bien un ruban, la jalouse, dis-je, pénétra dans la taverne du Lido.

Quiconque l'eût épiée eût pu la voir y entrer, non pas avec l'air dégagé et souriant d'un amoureux en bonnes fortunes, mais de l'air furtif et ombrageux d'un renard qui s'insinue dans un poulailler.

Instruite par un mot d'ordre du valet, de la partie du jardin où se cachait Dolorès, elle traversa les vestibules de la taverne sans parler à personne, gagna ces fameux îlôts de verdure formés de l'union du chèvrefeuille et de la vigne sauvage que lord Byron aimait tant à visiter, et se trouva bientôt devant une délicieuse tonnelle, éclatante de fleurs, à l'entrée de laquelle elle lut, sur une pancarte, le chiffre DIX.

Là, elle s'arrêta un moment pour reprendre haleine et courage; elle ôta son chapeau d'homme, essuya la sueur de son front, fit un peigne de ses doigts afin d'ébouriffer dans tout leur luxe les boucles de ses cheveux noirs; puis, cette toilette achevée, elle essaya d'éclairer la position de l'ennemi en mettant avec précaution la tête en avant, à travers les lianes d'un pois de senteur. — Elle aperçut alors au fond de la tonnelle la charmante personne qu'elle cherchait.

— Le sort en est jeté! se dit-elle enfin; le Rubicon est franchi!

Avec la subite audace d'un enfant qui se sent plus de témérité que de vrai courage, elle appela d'une voix sourde la dame déjà assise. Au même instant un petit bruit se fit entendre, semblable au bond léger d'une biche qui va s'élancer d'un taillis, et bientôt apparut sur le seuil de la tonnelle, vive et preste, une des plus jolies visions que puisse désirer un chercheur d'aventures. Le paradis de Mahomet ne peut avoir pour huissiers des houris plus gracieuses et plus séduisantes que ne l'était en ce moment la romanesque moitié du seigneur de Champy, couverte d'un fin voile, qui ne faisait qu'ajouter encore au parfum de molle volupté répandu sur toute sa personne.

— Entrez, frère d'Ascanio, dit-elle de sa

voix la plus douce, nous avons sous ces ombrages de fleurs tout ce qu'il faut pour causer d'amour, du silence, du vin de Syracuse le plus exhilarant et nulle crainte inquiétante.

Carmen ne se fit pas répéter cet ordre de sa rivale. En un clin d'œil, elle fut assise côte à côte avec Dolorès, qui, plus que jamais trompée par le costume de sa jalouse ennemie, continuait à se perdre dans des rêves de bonheur sur ce nouvel amour. Je ne sais par quels discours trompeurs Carmen soutint son rôle, ni par quelles caresses menteuses elle le prolongea; ce sont là des mystères qu'il m'a été impossible de pénétrer.

De cette entrevue pleine d'ombre où les deux femmes avaient des fleurs sur la tête et la mort sous les pieds, il ne m'a été raconté que ce que je viens de vous confier.

N'ayant pu moi-même, malgré toute la diligence que j'avais déployée, arriver à la taverne aussi promptement qu'il aurait été désirable, je ne pus connaître ce qui s'ensuivit que d'une manière très succinte. A une heure delà, en effet, comme j'arrivais au Lido, la partie du jardin où se trouvait la tonnelle désignée était pleine de bruit et de clameurs confuses. Pressant le pas et pressentant déjà quelque dévouement tragique aux événements auxquels j'avais été initié, je ne tardai pas à apprendre que mes prévisions s'étaient accomplies avec une rigueur fatale. Lopez que j'aperçus le premier dans la foule, se cachant à demi sous le feuillage échevelé d'un acacia, me mit à demi-voix au courant de ce qui venait d'arriver. Les deux femmes n'étaient pas restées longtemps seules sous les tonnelles. Secrètement averti par les soins de Carmen, le seigneur de Champy était accouru à la taverne, ayant soif de vengeance comme la lame d'un poignard. Il n'y a, dans aucune langue humaine, nulle expression en état de peindre la colère qui le transportait. Le feu jaillissait à flots de ses grands yeux noirs comme d'une fournaise ardente ; tout le sang de son cœur refluait en tumulte jusqu'à son front. Au moment des plus douces paroles, quand le vin de Syracuse commençait à pétiller dans les verres, deux pas animés retentirent..... de Champy écartant d'une main brusque le treillage qui fermait la tonnelle, entrait d'un seul bond, comme l'ouragan. Jamais encore depuis le duel de la Havane, Dolorès n'avait été témoin d'un pareil coup de théâtre, et son visage, animé par la double ivresse de la liqueur Syracusaine et de l'amour, pâlit soudain comme l'une de ces statues de marbre que les sculpteurs plaçaient autrefois sur les tombeaux de famille. Pour Carmen, voulant soutenir jusqu'au bout le personnage de raison dont elle s'était chargée, elle ne donna mot d'abord; mais voyant que le mari venait vers sa femme d'un air trop menaçant, elle se leva, et frisant ses moustaches postiches d'un air moitié goguenard, moitié chevaleresque, elle lança au nouveau venu ces paroles comme une provocation :

— Seigneur, quiconque vient surprendre une femme dans l'heure sainte de l'amour, est plus qu'un lâche, c'est un homme vil ! on ne le frappe pas du bout de son épée, on ne lui présente pas la bouche d'un pistolet, on lui jette à la tête le verre dans lequel on a bu ou la moitié du fruit qui reste sur l'assiette.

Mais de Champy peu attentif à cette fanfaronnade que sa juste fureur lui empêchait de comprendre, saisissant de son poing vigoureux le frêle cavalier qui venait d'élever la voix, le forçait à se rasseoir et s'écriait en même temps :

— Monsieur, entre vous et moi, le compte n'est point encore ouvert ; c'est d'une autre personne qu'il s'agit pour le moment, et puisque vous paraissez si fort en fait de galanterie, vous souffrirez, je pense, que cette dame passe avant vous.

En prononçant ces dernières paroles, il retira sa main, qui pressait comme un étau celle de Carmen, et croisant ses deux bras sur sa poitrine, il s'adressa, cette fois, à dona Dolorès, sa femme.

— Madame, — s'écria-t-il d'un ton de plus en plus orageux, — vous devinez que toute cette comédie de désordres doit maintenant aboutir à une fin expiatoire. Il est une chose dont vous avez cruellement abusé depuis qu'un prêtre vous a unie à moi. Cette chose, qui vous paraîtra plus précieuse que le souffle de votre âme, c'est l'honneur de votre mari! Deux fois déjà, sur une autre terre, vous m'avez forcé de recourir à des mesures sanglantes pour effacer les taches que vos folles passions avaient faites à cet honneur outragé! pensant que les voyages reformeraient votre cœur et vous ramèneraient, sinon au sentiment du devoir, au moins à celui des bienséances, je m'étais condamné à mener avec vous une existence vagabonde ; mais rien n'a prévalu contre vos instincts mauvais, ni les amants tués en duel, ni les voyages, ni quoique ce soit. Cependant, le vase d'infamie est comble, il déborde aujourd'hui, et comme il est temps de couper court à ce scandale, qui couvre mon nom de boue et de ridicule, j'ai résolu de frapper un dernier coup.

— Un dernier coup, seigneur, s'écria Carmen, toujours avec le même jeu hypocrite de moustaches frisées ; — c'est donc un assassinat? Vous, gentilhomme et galant homme, vous descendriez au rôle abject des sbires ; et vous ne redouteriez pas de tuer froidement une femme?

— La senora n'a-t-elle pas vingt fois assassiné mon honneur et empoisonné ma conscience!... Si j'étais l'un de ces tyrans farouches du contrat de mariage que vous paraissez dire, j'aurais eu, depuis longtemps, toute occasion de me défaire de cette femme. Une gondole sur l'Adriatique, un coupe-jarret payé, une mort clandestine dans ma maison, eussent été des choses faciles. Mais non! et si, à cette heure, j'insiste pour que cette moquerie, dont j'ai été la victime, ait un retour lugubre, c'est qu'en vérité je suis las de ces histoires d'amour, de billets doux, de baisers, de bouquets, de festins et de paroles de tendresse au milieu desquels le vieux nom de ma famille se trouve, à mon insu, murmuré et insulté. Ainsi, sans plus attendre, mon jeune cavalier, si vous voulez bien m'appuyer de votre collaboration, il faut mettre la main à cette dernière œuvre.

— Qu'est-ce à dire? demanda Carmen en se mettant d'une manière feinte sur la défensive.

— Point d'allures de Don Quichotte, reprit de Champy; — la chose que j'exige de vous est on ne peut plus simple et ne demande de votre part ni lames tirées, ni sang à répandre. Le vin de Syracuse est excellent pour les entretiens d'amour; le vin d'Espagne est supérieur pour les mouvements de vengeance. Tenez! voilà un petit vin de Madère dont chaque goutte vaut un diamant; dans ce flacon, il y a assez d'essence généreuse pour tuer toutes les femmes de l'Italie.

— A la bonne heure, monsieur, vantez votre Madère, mais n'espérez pas qu'il en sera répandu une seule larme sous cette tonnelle!

— Tout doux, enfant; ce flacon n'est pas la seule arme qui m'accompagne; en voici une autre qui n'est ni moins sûre, ni moins discrète.

En même temps, de Champy laissait voir sous sa manche le stylet le plus éclatant qui se soit jamais montré au-delà des Alpes.

— Plus un mot! recommença-t-il, plus

un geste! Voici un verre et voici un flacon; vous répandrez dans le verre un peu de la liqueur qu'il contient; vous offrirez le breuvage à votre maîtresse, et tout sera fini, au moins en ce qui la concerne. Allons, versez!

— Jamais! s'écria le pseudo-cavalier.

— Je vous ai dit tout à l'heure: «Plus un mot!» C'était très-charitable de ma part; si vous persistez, je ne réponds plus de rien.

Carmen versa d'une main tremblante; puis elle laissa retomber le verre sur la table.

— Tuez-moi plutôt! dit-elle.

Dolorès, qui venait de s'éveiller de son évanouissement, regarda celui qu'elle pensait être son amant, comme si elle eût voulu remercier au moins du regard ce cavalier généreux qui opposait une énergique résistance aux ordres meurtriers de son mari; mais le coup-d'œil qu'elle lui lança parut lui avoir fait faire une cruelle découverte.

. . . .

Les refus du jeune homme semblaient beaucoup plus dictés par un sentiment étrange que par la générosité d'un amant, et bien qu'à cette heure la jeune femme eût à peu près la tête perdue, il lui sembla que son défenseur paraissait jouer avec elle comme le chat avec la souris.

— Tout ceci est un pénible rêve, se dit-elle, mais je ne sais pourquoi cette voix, l'expression de ce visage, cette douleur qui ressemble à une joie feinte, me sont déjà connues.

Dolorès en était là de ses réflexions, — car elle n'avait la force de rien dire, — lorsque le seigneur de Champy fit un nouveau signe à Carmen :

— Je veux être aussi magnanime que vous êtes insensé, jeune homme, lui dit-il; mais je vous le dis pour la dernière fois, tendez sur-le-champ ce verre à cette belle, où c'en est fait de vous!

Pour donner encore plus de poids à ses paroles, il s'arma de son stylet et dirigea la pointe vers le cœur de celle à laquelle il parlait. Carmen, que cette lutte commençait à fatiguer, et peut-être à faire fléchir, prit alors, comme à regret, le verre dans lequel sommeillait la mort, et se penchant vers sa rivale, elle le lui tendit.

— Si vous avez un suprême adieu à confier à votre maîtresse, dit de Champy au moment où sa femme buvait, hâtez-vous ; plus tard, elle ne vous entendrait plus.

— Vous prévenez mes désirs, répondit Carmen ; j'ai en effet quelque chose à dire à cette femme ; et puisque vous m'en laissez le loisir, je vais m'acquitter de ce dernier devoir.

Comme elle achevait ces mots, elle se pencha vers la mourante, et d'une voix presque imperceptible, lui dit :

— Dolorès, nous voilà quittes maintenant. Regarde-moi avant de fermer tes grands yeux de velours à cette lumière du ciel que tu ne verras plus ; je ne suis pas Foscari, je suis *Carmen la Grenadine !* maîtresse de don Esteban que tu as fait mourir, et la sœur du pauvre Ascanio que ton amour a tué, il y a quelques jours, comme il te tue aujourd'hui. Adieu ! Il en est de ma vengeance comme de toi-même ; elle n'est plus rien !

La jalouse inflexible disait vrai. Déjà, sous l'action du poison d'Espagne, Dolorès sentait la vie se tarir dans ses veines, et promenant autour de la tonnelle un dernier regard, elle se voyait doublement mourir depuis la révélation de celle qu'elle croyait son amant. Quelques instants après, sans qu'aucune altération crispât son beau visage, elle rendit le souffle qui, suivant les métaphysiciens, attache l'âme au corps, et sa belle tête tomba tristement sur la table, encore toute chargée des débris du festin.

— Voilà une victime, s'écria le mari avec

un sourire ; mais, en conscience, ce n'est pas assez, il m'en faut une autre. Ainsi, mon jeune godelureau, nous allons, s'il vous plaît, appurer nos comptes.

— Ma foi, non, dit alors la maligne Carmen en arrachant son chapeau et ses moustaches postiches. Bien que vous en disiez, Seigneur, votre vin de Madère est une vilaine mort, et je ne m'en soucie que médiocrement.

— Une femme! s'écria de Champy en voyant de longues touffes de cheveux noirs inonder les épaules de Carmen : Quel est votre nom, Madame?

— Dona Carmen la Grenadine.

— Dona Carmen! Je vous connais de réputation; touchez-là; vous êtes Havanaise comme moi, et j'aurais dû m'en douter! De plus, je sais que vous êtes une femme comme je les entends, à cheval sur le point d'honneur et vous chargeant, avec un art merveilleux, de venger une offense.

— Vous voyez ici un échantillon de mon savoir-faire.

— Pauvre Dolorès! c'est elle qui l'a voulu!... Mais nous perdons ici un temps précieux, au lieu de songer à ce qui nous reste à faire. Dona Carmen, veuillez accepter mon bras. . . . .

. . . .

Quelques mots de la scène que je viens de vous rapporter, entendus au-dehors, avaient semé un peu d'inquiétude dans la taverne, et les curieux commençaient à entourer la tonnelle.

Ce fut à ce moment que j'arrivai et que Lopez m'expliqua tout.

Cette foule, les femmes couvertes de leurs voiles, — les hommes portant le manteau sur le nez de peur d'être reconnus, — tout cela chuchottait, se perdait dans l'immense champ des conjectures, et cherchait à deviner cette querelle dont on n'avait saisi que quelques lambeaux.

Un grand désappointement s'en suivit quand de Champy sortant de la tonnelle en tenant Carmen par le bras, dit en s'adressant à ceux de ses valets qui se trouvaient là :

— Votre maîtresse est là évanouie ; transportez-la avec tous les égards auxquels elle a droit jusque dans une chaise à porteur et ramenez-la sur-le-champ chez moi.

Ces paroles firent cesser tout-à-coup les hypothèses et la foule s'éclaircit ; cependant, comme je ne comprenais encore qu'imparfaitement cette bizarre comédie, je me rendis le soir même au palais Barbaja pour avoir des explications de la bouche de dona Carmen elle-même.

— Mon pauvre peintre, me dit-elle, ma vie prend, dès demain, une nouvelle direction et nous ne devons plus nous revoir ; comme vous êtes fort de mes amis, vous me permettrez cependant de vous faire un cadeau que je vous prierai de garder en souvenir de moi. Ce n'est rien autre chose que ce portrait que vous voyez là-haut fixé à la tapisserie ; il a été fait par don Estéban, et je n'ai plus à cette heure le loisir de le garder.

— Que voulez-vous dire ? lui demandai-je.

— Une chose fort bizarre, et qui, à coup sûr, ne manquera pas de vous surprendre énormément, vous et bien d'autres.

— Mais encore, cette chose, qu'elle est-elle?

— Mon Dieu ! laissez-moi le temps d'asseoir mes idées. Vous me voyez encore toute troublée; j'ai à vous dire à brûle pourpoint une histoire si étrange, si inattendue, si... tout ce qu'il vous plaira, qu'il me reste à peine assez de présence d'esprit pour rassembler mes idées.

— Allons, allons, l'amoureuse des amours posthumes, remettez-vous et parlez.

— Parlez ! parlez ! cela est facile à conseiller, mon peintre ; mais je vous jure que dans ma position, c'est une tâche.

Vous m'avez vue ce matin, à déjeûner, sérieuse comme un drame de Lopez de Vega. En parlant des premières affections de ma jeunesse, je n'aventurais un sourire qu'en tremblant, je n'aurais essayé de la gaîté qu'à contre-cœur. Sur mes lèvres, il n'y avait qu'un nom : celui de don Esteban ; dans mon cœur une seule image restait debout : celle de don Esteban. — Sceptres ! fantômes ! serments ! souvenirs ! fantômes surtout ! tout est mainnant évanoui.

— Le souvenir de don Esteban, vous ne le conservez plus ? lui demandai-je.

— Non. Cet amour me pesait comme si c'eût été une robe de bronze. Il a fallu songer à l'anéantir de peur qu'il ne m'anéantît lui-même. Cet amour, mes larmes, mes joies, mes ivresses, mes illusions, mon bonheur enfin, j'ai consenti à tuer tout cela.

— Jusque-là, c'est fort bien; mais comment êtes-vous parvenue à tuer un amour aussi vivace? repris-je.

— Oh! c'était très-facile, fit-elle.

— Mais comment? dis-je encore.

Elle me répondit :

— Il n'y avait qu'une chose à faire : me marier! Et sous un mois j'épouse le seigneur de Champy.

XXXVII.

Le Médecin.

— Maintenant, continua Maurice, vous connaissez madame de Champy. Sachez donc que son mari est mort il y a deux ans, empoisonné par ses propres mains.

— Empoisonné ! s'écria Pierre Morin en faisant un geste de dégoût.

— Je ne vous raconterai pas ce qui a rapport à moi, reprit le peintre ; je vous dirai seulement qu'après avoir été lié avec elle pendant longtemps, j'ai reçu d'elle une de ces offenses qui demandent vengeance ; aussi serais-je enchanté de vous fournir la preuve de son crime si elle était entre mes mains...

— Comment ? s'écria Morin avec les marques du plus affreux désappointement.

— Rassurez-vous ; cette preuve est entre les mains du docteur Panisset... un de mes amis intimes... avec une lettre de moi, il ne refusera pas de vous la remettre.

Pierre Morin quitta Maurice et le comte de Merville pour se rendre chez le docteur Panisset, qui logeait dans un magnifique hôtel, rue Saint-Lazare.

Dégoûté des révélations que Maurice venait de lui faire sur madame de Champy et du triste spectacle qui lui était offert, à lui, homme du peuple, par ce *grand monde* si méprisant et si vil, Pierre Morin hésitait à continuer à se servir d'instruments si méprisables, à demander quelque chose à des êtres qui ne lui inspiraient qu'un profond dégoût. Toutefois, en songeant à l'infortunée Clémence, il se dit :

— Mais ne dois-je pas la sauver?... ne dois-je pas faire cesser les persécutions de cette femme Champy? pour cela, il faut que j'aie le pouvoir de la perdre..... Quand à Dreus-Jolin, je me charge de lui!

Comme Morin se parlait ainsi à lui-même, il vit, fatal présage! Dreus-Jolin et le procureur du roi de Beauvais qui l'avait fait condamner, sortir ensemble de chez Panisset. Il leur jeta un de ces regards de dédain où se trahissait le mépris incurable qu'il avait pour certains hommes et pour certaines choses. Dans l'escalier du médecin, il rencontra madame de Beaulieu, qui sortait aussi, mais par une porte dérobée. Il fut contraint de la saluer, après quoi il entra chez Panisset. Celui-ci reconduisait le sieur Gédéon, député. — Il fut alors donné à Pierre Morin d'examiner le docteur : son teint jaune et les rides profondes qui sillonnaient son visage osseux, annonçaient la fatale réaction des chagrins, des intrigues, des calculs, des déceptions, des souffrances, et surtout de cette fièvre dévorante qui mine et tue lentement, et qu'on appelle l'*ambition*. . . . .

En effet, le caractère dominant de sa physionomie, grande et sérieuse, paraissait être le calme opiniâtre de la résolution. Son front haut, hardi, vaste, disait assez que sa vie était concentrée dans son cerveau, tandis que ses yeux animés révélaient l'ardente énergie qui couvait dans sa poitrine. Cet homme avait embrassé et compris la médecine avec talent. — Talent fatal ! Son existence se passait à satisfaire les passions et les crimes irrésistibles, insatiables des femmes dont l'appétit physique, appétit béant qui ne s'assouvit que pour renaître, pourrait avoir des suites fâcheuses. Oui, chose affreuse à dire! il tuait dans le corps des femmes du grand monde qui ne veulent pas enfanter le germe divin de la création!...

Il recevait la visite des grandes dames qui ont fait des sottises et qui en craignent les suites. Ainsi abrité sous l'arbre de la science, il expérimentait l'amertume de ses racines, et pourquoi? pour ravir à la nature le parfum de sa floraison embaumée et la forte saveur de ses fruits!

Nous soulèverons plus tard le mystère qui enveloppe sa vie passée...

Avant de rapporter la conversation qu'il eut avec Pierre Morin, il n'est pas inutile de dire ce que Dreus-Jolin, Gédéon et madame de Beaulieu étaient venus faire chez lui.

— Je ne vais pas par quatre chemins, lui dit Dreus-Jolin en entrant ; je viens pour que tu me rendes un service capital.

— Quoi donc !

— De l'arsenic.

— Pourquoi faire?

— Tiens, pourquoi faire? J'ai des rats qui m'empêchent de dormir!

— Des rats? penses-tu...

— Je pense qu'il m'en faut.

— Comme tu le prends! va en acheter; est-ce que je suis marchand d'arsenic?

— Tu ne disais pas cela quand il s'agissait d'aller empoisonner Saguin!

— Tais-toi! tais-toi!

— Et quand il a fallu se procurer des compositions chimiques pour faire les faux, est-ce que j'ai reculé, moi?

— Quand tu me rabacheras cela cent mille fois; cela ne me déterminera pas à te donner ce que tu veux.

— Ah ! oui dà ! Il s'agirait comme çà d'essayer quelques bons crimes, et puis de laisser là les amis... Du tout. Le crime attire le crime ; tu n'avais qu'à ne pas commencer. Si tu ne veux pas, eh bien, je parlerai !

— Mais tu te perdras !

— Qu'est-ce que cela me fait ? pourvu que tu tombes avec moi ! D'ailleurs, tu as de la fortune, toi ; les avortements te rapportent beaucoup ; les femmes du monde sont si bonnes mères ! Moi, au contraire, je n'ai pas le sou... Je gagne un argent fou, et je n'en suis pas plus riche... Vois-tu, on ne fait pas sa destinée ; malgré mon génie, je crèverai à l'hôpital comme un poète !

— Voyons, tu sais bien que je t'aime ! Ne nous fâchons pas ; deux vieux amis, ce serait bête..... Dis-moi seulement pour qui c'est...

— Pour Narvaez.

— Comment ? il n'est pas mort !

— Non.

— Comment donc ? tu ne l'as pas tué en duel ?

— Je l'ai seulement blessé.

— Eh bien ?

— Il faut qu'il meure.

— Pourquoi ?

— Je l'ai complètement dévalisé. Il faut qu'il meure ! L'abbé Coquet se charge de lui administrer la chose.

En parlant ainsi, Dreus-Jolin fit un geste crapuleux auquel Panisset répondit par un sourire infâme.

Ils s'étaient compris.

Dreus-Jolin emporta l'arsenic.

Madame de Beaulieu était venu demander à Panisset un narcotique qui pût endormir Kao. — Nous verrons plus tard quel était son but. Marianna emporta le narcotique.

Parlons un peu du député Gédéon qui sortait de chez Panisset, comme Pierre Morin allait y entrer.

Gédéon, l'un des hommes les plus honorés de Paris, ami de Samuel, du marquis de Lannot et de la baronne Faucheux, devait sa fortune à des sources honteuses. Ce gros personnage avait été intendant du duc de Valmont, et lui avait volé adroitement une bonne partie de sa fortune.

Son physique repoussant cachait une grande adresse d'esprit. Sa figure commune, bourgeonnée par la luxure et l'abus des liqueurs fortes, représentait un vignoble rouge. Cet homme avait d'autant mieux fait fortune, qu'il était, comme le maréchal S***, avide, intéressé, peu délicat. Joignez à cela qu'il avait des prétentions au bel esprit. Comme le marquis de Lannot, Gédéon était décoré; il vendait son vote, jouait à la Bourse et gagnait le moins honnêtement possible les plus fortes sommes. Il avait un fils très-bête, qu'il voulait former à l'usage du monde. Pour cela, il avait été trouver la marquise de Lannot, la priant de dégourdir un peu ce chaste garçon. La marquise avait accepté, moyennant quelques cadeaux de grande valeur, et n'en avait que mieux continué à avoir des relations avec plusieurs hommes dont elle ne dédaignait pas l'hommage, et parmi lesquels se trouvaient le marquis de de Louvagny, le journaliste Joseph Miquelon et Chabaud de Boir.

Un soir, la marquise de Lannot vint trouver Gédéon.

— Il faut, lui dit-elle en paraissant très-irritée, que votre fils soit bien stupide !....... Je n'en puis plus douter... je vais être mère.

— Ah ! diable ! fit Gédéon.

— Et comme M. de Lannot sait positivement que je n'ai aucun rapport avec lui ; je suis perdue...

— Calmez-vous. N'avons-nous pas Panisset ?...

— J'y ai pensé. Surtout ne dites pas que c'est pour moi !

— Vous me faites injure, marquise. Est-ce que ces choses-là se disent ! Je verrai Panisset.... Quant à Simon, je le gronderai..... Ce garçon est bien bête, n'est-ce pas, ma chère?

— Hélas ! oui, bien bête !

Le lendemain matin, Panisset vendit à Gédéon l'horrible potion dont il avait le débit assuré parmi les femmes les plus élégantes, les plus modestes et les plus pieuses du grand monde.

Avant de voir quel fut l'effet de ces différents médicaments préparés par Panisset, il faut connaître l'entretien qu'il eut avec Pierre Morin.

— Monsieur, lui dit celui-ci, je suis chargé, de la part de M. Maurice, de vous remettre cette lettre.

— Je suis flatté d'être à même de vous rendre service, dit Panisset à Pierre, après avoir pris connaissance de la lettre du peintre ; seulement... il serait bon... il faudrait... me dire... quel intérêt puissant...

— Monsieur...

— Je vous entends ; vous souhaitez ne pas me dire.... fort bien... Mais enfin... quel serait le prix... Si vous me faisiez une offre..... Vous concevez que je puis tirer de cette pièce un parti immense... Tiverval, le gendre de madame de Champy me l'achèterait très-cher... Et puis j'ai moi-même une vengeance à tirer de cette femme... Dans un procès que j'ai eu, il y a quelques années, elle ne s'est pas conduit à mon égard comme je l'eusse souhaité...

Pierre Morin avait hâte d'en finir... Il offrit deux mille écus... Le docteur hésita... Puis, comme pris subitement par une pensée nouvelle, il se hâta d'accepter. Seulement il déclara à Morin qu'il ne pouvait lui livrer cette lettre de madame de Champy, qui pouvait la perdre, que le lendemain matin.

Ils échangèrent leurs paroles, et Pierre Morin rentra chez lui. Je l'attendais. Il me raconta tout.

— Tout ira, me dit-il, et je ne désespère pas de mener à bien cette tortueuse affaire. Nous allons être maîtres du terrain, dès que nous aurons la preuve du crime de la Champy... Ah Dieu! ce ne sera pas sans peine!..... Mais, au fait, n'est-ce point aujourd'hui que se juge l'affaire de la baronne Faucheux?

— On prétend qu'elle a tué le duc de Lourdon?

— Rien ne paraît plus vraisemblable. Je vais, pendant le trajet, vous mettre au courant de cette horrible affaire. Ce que je vais vous dire vous prouvera que la bassesse humaine est le plus souvent le partage des hautes positions :

XXXVIII.

Le Crime illustre impuni.

— Je ne sais, me dit Pierre Morin si vous avez fait attention à l'altération des traits du duc de Lourdon, la dernière fois que vous l'avez vu chez Juliette, où il ne reparut pas depuis. Ses serviteurs remarquèrent sa mêlancolie et crurent en deviner la cause, car le nom de madame de Faucheux prononcé devant lui semblait souvent lui causer un sentiment pénible. Ses rapports avec elle étaient singulièrement altérés. Il confia à son valet de chambre et à son capitaine des chasses qu'il voulait partir pour un long voyage et leur recommanda le secret surtout envers madame de Faucheux. Mais ces préparatifs trompèrent son attente. La combinaison du prince échoua par l'impossibilité de la mettre à exécution sans bruit. Cependant de tristes rumeurs se répandaient autour de son château, on racontait que son valet de chambre l'avait, dans la matinée du 11 août, ramassé presque mort, la tête fracturée et l'œil en sang. Aux questions empressées de son serviteur fidèle, le duc avait répondu qu'il s'était heurté à la table de nuit.

— Mais elle est moins haute que le lit, avait osé dire le valet de chambre.

Et le duc embarrassé avait gardé le silence. Un instant après on avait trouvé, sous la porte de l'escalier dérobé une lettre que le prince avait lu avec un trouble extrême.

Tous ces faits recevaient une sinistre interprétation, justifiée par l'attitude défiante du duc de Lourdon. Cependant la femme du prince P*** étant venu le tourmenter par plusieurs visites, le duc arrêta définitivement qu'il partirait sous peu de jours.

Au milieu de préparatifs qui prouvaient d'une manière réellement odieuse combien e vieux duc craignait sa maîtresse, sa fête arriva et les habitants de S*** lui donnèrent des témoignages d'affections auxquels il parut fort sensible.

Ce jour là même, madame de Faucheux se fait délivrer par le banquier Samuel, une traite d'un demi-million sur l'Angleterre, car elle s'était entièrement brouillée avec le duc de Lourdon. Le lendemain matin à huit heures, une scène horrible de violence eut lieu entr'eux. La concubine alla jusqu'à frapper le vieillard qui l'avait sortie de la misère et de qui elle tenait le peu de considération dont certains lâches l'entourraient. Quand elle fut sortie, le vieux duc eut un long évanouissement, à la suite duquel il écrivit à son capitaine des gardes d'accourir au château de S***. Le duc de Lourdon ayant reçu la visite de quelques amis, les retint à dîner et les engagea même à passer la nuit chez lui ; invitation qui ne fut pas appuyée par madame Faucheux.

Le prince causa avec tristesse des évènements politiques du temps, — évènements bien tristes, il est vrai !

Cependant le dîner fut assez gai. Plus la soirée approchait et plus l'infortuné vieillard paraissait agréablement affecté. Ce soir là, il voulut reprendre ses habitudes de plaisir. Le jeu commença à neuf heures. Le duc de

Lourdon s'y montra plus gai que jamais et il s'abstint de payer l'argent qu'il avait perdu et se leva de table en disant :

— *A demain !*

Les hôtes s'étant retirés, le prince passa dans sa chambre à coucher avec deux valets qui le deshabillèrent et le pansèrent sans qu'il proférât une parole.

— A quelle heure faut-il que j'entre demain chez monseigneur ? demanda le valet de chambre.

— A huit heures, répondit tranquillement le prince.

L'appartement de la Faucheux était voisin de la chambre à coucher du duc ; on allait de l'un à l'autre par un escalier dérobé. Dans l'appartement de madame Faucheux, logeait l'abbé Coquet, son secrétaire ; un ambitieux, aux allures vives et hypocrites, à l'œil sinistre, à l'âme ravagée par les passions les plus mauvaises et les plus basses. Dans cette nuit mystérieuse, le calme le plus profond, affirma l'abbé Coquet et les autres serviteurs de la Faucheux, régna dans le château. Le lendemain à huit heures, le valet vint frapper à la porte du duc de Lourdon, ainsi que cela avait été convenu. Cette porte, il la trouva fermée et ne reçut aucune réponse. Plusieurs personnes ayant été appelées, on frappe de nouveau, l'alarme se répand partout; l'abbé Coquet et madame de Faucheux montent; celle-ci s'écrie :

— Quand il entendra ma voix, il me répondra.

Et elle appelle le duc... même silence. La porte est enfoncée... on pénètre dans la chambre où règne une demie obscurité.... Cependant, à la clarté sinistre d'une bougie qui se meurt dans l'âtre, un spectacle affreux s'offre aux yeux des assistants. Le prince était accroché et non pendu à l'espagnolette de la fenêtre.

— C'est monseigneur qui est mort s'écriaient les domestiques en se précipitant dans la chambre.

Le duc de Lourdon était attaché à la croisée par deux mouchoirs. L'un d'eux supportait la mâchoire et le haut de la tête; l'autre laissait la nuque à découvert. Aucun d'eux ne comprimait la tranchée artère; ils ne faisaient pas non plus nœud coulant. Les genoux du moribond étaient pressés; ses mains étaient jointes comme dans l'attitude de la prière et sa tête penchait sur sa poitrine. Ses pieds reposaient sur le tapis; circonstance qui combattait d'une manière victorieuse l'hypothèse du suicide; car alors il eut suffi au prince pour échapper aux souffrances d'une pareille mort de poser les pieds à terre. Madame de Faucheux prêtant l'oreille aux consolations de Chabaud de Boir, (envoyé de Paris par monseigneur P*** à la nouvelle de la mort du duc), n'hésita pas à déclarer que son vieil amant s'était pendu. — Les autorités qui vinrent constater l'état du corps conclurent comme elle, au suicide par strangulation. D'ailleurs le verrou était fermé en dedans. Cependant cette circonstance affaiblissait la supposition du suicide lorsqu'un des assistants ayant fermé la porte et prié quelqu'un de pousser le verrou, ouvrit néanmoins la porte, prouvant ainsi combien il est facile de ramener, du dehors, un verrou dans sa gâche.

Bientôt il fut démontré à tout le monde que le duc de Lourdon était mort assassiné. Et d'abord plusieurs personnes ayant vu en Egypte, en Turquie et en Angleterre un grand nombre de pendus, déclarèrent que ces infortunés, contrairement au duc de Lourdon, avaient le teint blafard, la langue pendante, la conjonctive pleine de sang et les yeux hors de la tête. Et d'ailleurs comment le duc de Lourdon si faible, si infirme aurait-il pu faire deux nœuds si artistement et si fortement serrés qu'un valet vigoureux ne put les dénouer qu'après les plus grands efforts ? Le duc de Lourdon ne pouvait nouer ni ses souliers ni sa cravate ; il ne pouvait tirer un coup de fusil qu'avec un aide. En effet, sa main droite avait été fracassée par un coup de sabre ; sa main gauche avait la clavicule cassée, de sorte qu'il ne pouvait les élever ni l'une, ni l'autre au dessus de sa tête.

Et puis son corps n'était-il pas dans un état de suspension qui rendait impossible tout système tendant à prouver sa volonté à mourir ? D'un autre côté les sentiments religieux du prince, son horreur bien connue de la mort, la faiblesse morale de son caractère, son grand âge et les préparatifs de voyage, le besoin d'aide qu'il éprouvait pour monter quelques marches d'un escalier, tout enfin fortifiait les soupçons de la multitude.

Bien d'autres circonstances vinrent en aide à ces soupçons, c'étaient le lit qu'on avait poussé la veille, selon l'habitude au fond l'alcôve et qu'on trouva au milieu de la chambre, les pantoufles du vieillard symétriquement rangées au pied du lit. Mais ce qui contribua surtout à faire deviner le mystère de cette nuit fatale, c'est qu'on trouva sur la cheminée deux bougies non consumées mais éteintes. Or comment le vieux prince dont la vue était si faible, aurait-il pu faire les préparatifs si compliqués de sa mort, après s'être volontairement plongé dans les ténèbres?

Madame de Faucheux et l'abbé Coquet s'efforçaient de repousser avec une insistance remarquable toute autre croyance que celle du suicide. Ils ne cachèrent pas qu'une supposition contraire pourrait compromettre auprès de monseigneur P***. Bientôt, au chevet de ce corps glacé, de cette mort qui n'avait pas encore de nom, éclatèrent ces préoccupations cupides qui s'élèvent autour de chaque cadavre et accusent le vice des institutions que l'ignorance subit en les adorant. Sur cette lugubre scène de meurtre, planait l'idée d'un testament, l'héritage de la victime était audacieusement convoité. L'abbé Coquet s'empressa de prendre tous les papiers du défunt en s'écriant :

— Tout ici appartient à madame de Faucheux !

Il ne manqua pas non plus de recommander au chef de l'argenterie du château de veiller soigneusement sur cette partie du trésor qui allait passer entre les mains de la Faucheux.

Ce qui parut également étrange à la multitude, c'est que le prince, avant d'accomplir son dessein funeste, n'eût laissé aucune marque d'affection à ceux qu'il aimait, ni aucune indication écrite de son désespoir. Mais une découverte inattendue vint rendre les incertitudes plus vagues encore. Deux jours après la mort du prince, Chabaud de Boir, secrétaire intime de monseigneur P***, s'avisa de feindre de trouver, dans la cheminée de la chambre mortuaire, des papiers à demi consumés. C'était une vieille proclamation que le duc de Lourdon avait faite quelques mois auparavant, et dont la Faucheux avait donné les débris à Chabaud de Boir. Quelques-uns voulurent bien y voir une preuve de suicide ; mais le plus grand nombre ne pût se persuader que ce fussent là les adieux d'un mourant. On était étonné que le prince, prenant la plume au moment de se donner la mort, n'ait rien écrit sur son projet fatal dont les suites pouvaient compromettre des innocents. La manière dont Chabaud de Boir découvrit si aisément ces écrits, avait aussi quelque chose de bizarre. Comment avait-il pu apercevoir seul des papiers que depuis deux jours personne n'avait vu, après des recherches minutieuses? On supposa qu'une main furtive, intéressée à faire croire au suicide, avait placé ces papiers dans la chambre, longtemps après la mort du dernier des ducs de Lourdon. Appelés pour faire l'autopsie du cadavre, les médecins de monseigneur P*** conclurent au suicide. Mais ce qui ne contribua pas médiocrement à éclaircir les ténèbres qui enveloppaient cette fin imprévue, c'est que des médecins également célèbres, se hâtèrent de combattre, au nom de la science, la conclusion de ceux de Monseigneur.

L'un des défenseurs de la mémoire du prince vint au château, se suspendit à l'espagnolette de la fenêtre avec deux mouchoirs, dans une position semblable à celle où le prince mort avait été décroché, et cette tentative fut sans le moindre danger. Depuis lors, les soupçons les plus timides se formulèrent avec une audace courageuse. Les noms de madame de Faucheux, de l'abbé Coquet et de monseigneur P** furent prononcés... Ce dernier nom, mêlé à celui de la Faucheux, fournit aux passions de parti une arme redoutable dont elle s'empara avec avidité. Mais les propos accusateurs circulèrent avec bien plus de crédit, lorsque le testament du défunt fut lu, et qu'on eut l'assurance que la Faucheux s'était fait donner, ainsi qu'au fils de monseigneur P***, toute l'immense fortune du vieux duc.

Il se trouva alors un homme digne de foi, qui assura que dans la première journée du 27, le verrou de l'escalier dérobé n'était point poussé; et que, pour cacher cette terrible circonstance, la Faucheux s'était rendue, par la route la plus longue à la chambre du mort!

Ici Pierre Morin s'interrompit pendant quelques minutes, après quoi il reprit ainsi son récit :

— Le prêtre chargé de prononcer les adieux suprêmes sur ce cadavre qu'attendait le caveau où dort la poussière des rois, laissa tomber, au milieu du service funèbre, ces paroles solennelles : Le prince est innocent de sa mort devant Dieu !

Et un des valets de Madame de Faucheux fut entendu, disant : — J'ai un poids sur le cœur !

Ainsi mourut le vieux duc de Lourdon. La Faucheux quitta précipitamment le théâtre de ce drame sanglant, et vint habiter à Paris l'un des palais dont la mort de son amant la rendait propriétaire. Pendant plusieurs nuits, elle fut si troublée par l'image funèbre du remords, qu'elle fit coucher l'abbé Coquet dans sa propre chambre. Toutefois, cette émotion dura peu. Elle redevint résolue et confiante. Elle se livra avec le banquier Samuel à des opérations de Bourse qui augmentèrent scandaleusement sa scandaleuse et considérable fortune. Cependant les héritiers légitimes du duc de Lourdon qui n'avaient appris sa mort que par la voie des journaux, prêtaient l'oreille aux murmures sinistres qui s'élevaient de tous côtés, et préparaient tout pour un procès criminel et pour un procès civil. Ces héritiers légitimes demandaient pourquoi les affidés de monseigneur P***, ses agents et ses médecins avaient seuls envahi le théâtre de l'évènement, établissant un rapprochement injurieux entre la catastrophe qui faisait disparaître le duc de Lourdon du monde, et la prospérité croissante de la maison de P***. Monseigneur P*** pouvait faire cesser tous ces bruits dont l'injure montait jusqu'à lui, en répudiant au nom de son fils une succession si ténébreuse. Mais le mépris de l'argent n'est pas la vertu dominante de notre temps, et et d'ailleurs P*** envisage autrement les intérêts de sa maison. Il assura donc à la Faucheux une protection scandaleuse. Tout Paris s'entretint bientôt de leurs relations. Pendant ce temps, une instruction, rendue nécessaire par les cris de l'opinion, se commençait avec ardeur. Mais on avait trop d'intérêt à étouffer cette affaire, et le juge qui se montrait résolu à trouver la vérité, fut mis tout-à-coup à la retraite, et l'on accorda à son gendre une place vainement sollicitée depuis longtemps. Le dossier a passé en des mains moins sévères.

Morin se tut. Nous étions arrivés au Palais de justice. L'audience s'ouvrit : Bientôt le nom de P*** retentit aux pieds des tribunaux, associé à celui de la Faucheux. La famille des héritiers légitimes des ducs de Lourdon attaquaient la validité du testament qui enrichissait le fils de P***. Ce procès, qui excita une curiosité immense, introduisit les personnes avides de scandale dans les souillures de la vie des princes. La plaidoirie de Me Verner, avocat des héritiers légitimes, souleva des passions ardentes, il déroula le tableau des violences accusatrices qui avaient empoisonné les derniers jours du duc de Lourdon. Dans ces faits, il trouva la preuve de la captation et dans l'impossibilité du suicide, celle de l'assassinat. Il appela la sévérité des juges sur des questions brûlantes; il fut implacable pour le respect de certains noms. Me Levrant, avocat de madame de Faucheux, et Me Lupin, avocat du fils de P**, firent preuve d'un grand talent, dans la défense. Mais, ils ne firent qu'éluder la question sanglante, et se livrèrent à des récriminations politiques, dont ils ne surent pas toujours bannir l'injure. Enfin, les héritiers perdirent leur procès devant les juges, et le gagnèrent devant l'opinion publique. La haine du pouvoir contre les journaux qui attaquèrent alors les personnages compromis dans cette sale affaire, se montra avide de bruit, infatigable. Un ministre, dont les écrivains ont fait justice, s'acharna contre la presse avec cette hardiesse triviale, qu'on a tort de prendre pour du courage. — Ce ministre, comme la plupart de ses confrères, était le professeur des doctrines de l'abaissement; au dedans, il employait la corruption; au dehors, il développait les théories de l'avilissement vis-à-vis de l'étranger.

Toujours est-il que dans ces procès politiques, une chose seule frappa la multitude: le dédain superbe des accusés pour les juges, et leur résolution inébranlable de ne jamais céder. — Aucune de ces leçons ne fut perdue pour le peuple, qui, victime des excès de l'orgueil, se plaît au spectacle de la puissance avilie.

— Vous le voyez, me dit le prolétaire Morin, à la suite des débats de cette scandaleuse affaire, chaque minute de la vie sociale apporte une déception nouvelle, et démontre le vide et l'imbécilité de la justice et de la sagesse humaine. Tout est horrible à voir. Il n'y a plus de courage, de vertu, d'honneur nulle part. Deux hommes qui se sont traités de fripons, s'en vont boire et voler ensemble; le pouvoir protège les vices les plus révoltants; la justice se vend et s'achète; le mari soupe avec l'amant de sa femme, et lui vend une part de son lit; on se moque de tout ce qui n'est point or et argent; ô nation française! on outrage ton nom, on crache à la face de ton histoire; on ruine ta presse et ton commerce; on emprisonne tes écrivains les plus dévoués; on confisque ton honneur et tes libertés; et tu souffres tout cela, et tu laisses l'avènement de l'égoïsme et de l'amour de l'argent se consacrer au grand jour. En face de tant de maux, de tant de hontes, que faire? — Régénérer. — Témoins indignés des vices d'un ordre social où les récompenses sont en raison inverse des services, proclamons les lois d'une morale supérieure, avec cette devise : A CHACUN SUIVANT SES CAPACITÉS !

Par ses expériences et ses tâtonnements, l'humanité, au XIXe siècle, a prouvé qu'elle sentait le besoin de se débarrasser de cet amas de choses fausses et mauvaises, de tous ces systèmes variés et contraires, que les siècles précédents avaient entassés avec tant de frais. Flétrir le mal, égaliser les hommes, mettre de l'harmonie dans la société, faire descendre la moralité dans les institutions, admettre toute chose, à la condition d'être vrai ; substituer le régime intelligent de l'esprit au régime grossier de la force, telle est la marche que doit suivre l'esprit humain au XIXe siècle. Eh bien ! loin de là, nous sommes tombés dans une dégradation sociale indigne de nous. Ainsi la tristesse est généralement chez le peuple le résultat nécessaire de ce faussement, de cette subversion de destinée.

L'homme du peuple est-ce donc quelque

chose qui se vend, se maquignonne et s'achète? Est-ce un être sur le front duquel la société efface légalement le signe dont Dieu l'a marqué pour le distinguer de l'animal, le signe de la libre volonté? Nous sommes plongés dans une rétrograde malheureuse. Ailleurs qu'ici, j'ai touché à ces tristes questions :

On sentait bien qu'il fallait quelque chose aux esprits jeunes qui tendaient vers la liberté : on nous a donné la Charte. On en connaît les malheurs. Et si le commerce est si pauvre, si petitement mercantile, c'est justement à cause de cette charte qui multiplie les états sans les distinguer. Il faut donc autre chose. La charte a donné aux commerçants la liberté de se faire mourir de faim les uns les autres; elle n'a pas donné de règle, et tout ce qui est en harmonie dans la nature a besoin d'une règle. Si le soleil faisait les fonctions de lune, et si les étoiles voulaient remplacer le soleil, le monde serait drôlement éclairé.

Dans notre société, telle qu'elle est organisée, il n'y a pas de vertu, il y a des circonstances. On a bien assez de naître pour mourir, sans se créer encore des malheurs qui naissent d'une société mal établie.

Il y a dans Paris plus d'un million d'hommes, de femmes et de malheureux enfants qui sont entassés dans un cercle étroit où les les maisons se pressent les unes contre les autres, exhaussant et superposant leurs six étages écrasés; puis 600 mille de ces habitants vivent sans air, ni lumière, sur des cours sombres, profondes et visqueuses, dans des caves humides, dans des greniers ouverts à la pluie, aux vents, aux insectes : depuis le bas jusqu'en haut, de la cave au plomb, tout est délabrement, meptulisme, immondicité, misère!

Dites : est-ce l'air qui recèle la maladie et

les germes de la mort, cet air que vous respirez quand vous parcourez les bois, les clairières, les forêts, les rives des fleuves, les plages des mers ?... Quand vous marchez dans les grandes herbes vertes, lorsqu'elles étincèlent au matin sous les perles et les diamans de la rosée, lorsqu'elles dressent les mille têtes des fleurs qui leur font une belle et si riche parure, lorsqu'elles exhalent sous le soleil mille suaves haleines, ne vous disent-elles pas avec mille voix parfumées que Dieu a placé l'homme sur la terre pour être heureux et libre ?

O misère ! tout le monde s'engraisse de la substance du peuple, depuis les ministres jusqu'aux pensionnés, des fonds secrets. L'impôt, gaspillé scandaleusement, écrase les petits propriétaires.

Dans le système arrêté, le peuple, matière exploitable, est corvéable et taillable. Son travail doit être éternellement serf. Injustice! Le travail venant de Dieu peut-il être une loi rigoureuse? Dieu a-t-il pu vouloir que la vie du peuple consacrée au travail fut une fatigue constante?. . . . .

Les causes de cette situation datent de loin. Mais la bourgeoisie s'est plu à les fortifier en faisant passer dans les institutions la tyrannie de l'argent; en condamnant l'intelligence à céder le pas à la fortune; en plaçant la souveraineté dans les mains de ceux qui possèdent quelques arpens de terre, souvent acquis par fraude, en faisant peser sur le peuple un despotisme qui l'humilie sans l'écraser.

La nation poussée sur cette pente où s'arrêtera-t-elle? — Dans cette transformation vile la société ne trouvera-t-elle pas les causes de sa décadence?... Ces critiques exploitées par chaque parti au profit de ses espérances, sont aussi celles des hommes graves qui, portant leurs regards au-delà du présent, voyent dans cette ardeur aveugle qui pousse les hommes d'argent à tout envahir, le germe de leur ruine. Le moindre évènement suffira pour révéler ce qu'une semblable situation recèle de malheurs. Cette société, qui ne vit plus que sur les ruines qu'elle vient de faire donnera elle-même le signal des plus affligeans désordres si elle refuse de voir ce que l'égoïsme d'une pareille conduite doit avoir de fatal à la classe asservie et à la classe dominante. . . . .

L'homme étant l'être intelligent et puissant par excellence au milieu des autres êtres dont il est entouré, c'est à lui à présider au développement de la vie. Mais si telle est sa destinée, s'il a reçu la force et l'intelligence, c'est pour ne se laisser dominer par aucune tyrannie. — La destinée terrestre de l'homme est la libre gestion de son globe.

Voici ce que je dirais à un gouvernement

qui se proposerait pour but la grandeur de la France :

Le peuple a faim, le peuple a froid, la misère le pousse au crime et au vice. C'est une maladie affreuse et vous pouvez la traiter. Vos lois ne savent pas la guérir, elles font du coupable et du criminel deux compagnons, deux inséparables ! Qu'offrent-elles ? Le bagne, — éxutoire absurde qui détermine un siège au mal, — et la peine de mort, — amputation barbare qui n'a jamais servie d'exemple.

En France, il se coupe trop de têtes par an, vous ne rêvez qu'à faire des économies, faites en la dessus, suprimez le bourreau ; son traitement nourrirait bien des familles sans ressources. Quand il ne servirait qu'à payer des maîtres d'école ?... La France est un des pays du monde civilisé où il y a le moins de natifs qui sachent lire. C'est une honte !

Le premier besoin de l'homme est de vivre.

Eh bien ! au-dessus de ce pleuple qui manque de pain, que voit-on ? — Des ministres occupés à s'enrichir. — Il est temps de mettre un terme au scandale de ces abus. Mais changer les hommes pour guérir les plaies de la nation, ne serait rien, quand il faut que les choses soient changées avec courage, avec désintéressement. Le commerce languit, le travail, cette vie du pauvre, tarit dans sa source ; le peuple est mécontent et insulté ; les partis en délire se combattent sur des ruines. Si vous voulez qu'il soit patient, donnez au peuple, au peuple qui travaille et qui souffre.

Donnez au peuple pour qui ce monde ci est mauvais, la croyance à un monde meilleur. Donnez au peuple, il sera laborieux, il sera tranquille. Apprenez lui à lire, mettez lui l'évangile entre les mains, et il sera patient. La patience est faite de l'espérance.

Des bibles et plus de bourreaux, et le peuple heureux et doux ne refusera à sa patrie ni son corps ni son âme!....

Chassez des ministres qui compromettent les intérêts et la grandeur du pays, qui ébranlent l'esprit public, menacent la vie de la France, usurpent toutes les conséquences de la fortune nationale. Derrière cette France qui semble s'assoupir un moment, il y a une autre France qui ne s'endort pas! C'est à celle-là qu'il vous faut tendre les bras.

Vous ne pourrez arrêter au profit de votre intérêt exclusif ce torrent rapide des flots populaires qui engloutissent les trônes.

Mettez les élections à l'abri des manœuvres corruptrices, établissez la moralité dans vos institutions, défendez la presse dans la vérité. . . . .

Parce que d'une condition malheureuse les sociétés tombent quelquefois dans une condition pire, ne nous hâtons pas de conclure que le progrès est une fiction. Pour qu'il se réalise, il faut que toutes les chances mauvaises soient épuisées. La vie de l'humanité, est longue et les solutions possibles bornées. Même dans la succession des calamités générales on reconnait le doigt intelligent et logique de Dieu.

Si le monde était gouverné par un génie malfaisant, dans les souffrances publiques, l'oppression serait moins souvent châtiée!

XL.

L'Effet des Potions.

En quittant le juge d'instruction de Beauvais, qu'il avait renontré par hasard, Dreus-Jolin se rendit à l'hôtel de la baronne de Faucheux où logeait l'abbé Coquet. Cet homme, bien que revêtu d'un caractère sacré, était tombé au dernier dégré de la dégradation morale. Il joignait à une haute intelligence un vaste savoir et une perversité révoltante.

Le célibat auquel on condamne les prêtres catholiques leur donne des penchants souvent crapuleux. Ils sont hommes et la nature parle toujours plus haut que le devoir. Delà la conduite déréglée du clergé, son cynisme, son mépris sanglant pour les hommes, son hypocrisie, son intolérance qui lui fait flétrir les joies les plus modestes. Fourbe, plein de ruse et d'adresse, dévoré d'ambition, d'une immoralité d'autant plus dangereuse qu'elle était mieux dissimulée, ayant exploré toutes les hontes de l'humanité, l'abbé Coquet savait flairer les intriguants ses pareils. Il ne faut donc pas s'étonner de le trouver dans le grand monde.

— As-tu l'affaire? demanda-t-il à Dreus-Jolin.

— Oui.

— Eh bien partons.

Ils firent avancer une voiture de place.

— Rue de la Paix, dirent-ils.

Dès qu'ils furent arrivés, ils descendirent et entrèrent dans un des plus beaux hôtels garnis de la rue de la Paix.

— Monsieur Alfred Narvaës, dit Dreus-Jolin au concierge.

— Ah bien, dit celui-ci. Je vous remets, monsieur. Comment va le pauvre malade?

Dreus-Jolin répondit à cette question faite d'un ton piteux par une grimace qui eut enchanté les héritiers de Narvaës.

Quand le prêtre et le journaliste entrèrent dans l'appartement du blessé, Dreus-Jolin mit un petit paquet de papier dans la main de Coquet.

Joseph Miquelon se leva.

Le blessé sommeillait. — Il se réveilla.

— Mon enfant, lui dit le prêtre, ne me reconnaissez-vous pas ?

— Non, dit Alfred qui avait le délire, où est Van-Halen ?...

.... — Buvez, dit le prêtre en présentant un verre à Alfred, tandis que Joseph Miquelon, qui s'était constitué garde-malade, parlait avec Dreus-Jolin du procès de la baronne Faucheux.

Après quelques difficultés, Alfred but.

— Maintenant, dit Dreus-Jolin, partons.

— Comment ? tu veux le laisser ainsi seul ? dit Miquelon.

— Non. Je vais envoyer chercher une garde.

Le malade s'endormit. Un instant après la garde vint et les trois scélérats partirent.

— Il ne dira pas que nous l'avons volé, dit Dreus-Jolin à l'oreille du prêtre.

— Il sera froid dans deux heures, répondit froidement l'abbé.

.... Mais par un hasard peu commun, le docteur Panisset s'était trompé de paquets. Il avait donné à Dreus-Jolin ce qu'il aurait voulu donner à Gédéon.

Il arriva de ce malentendu que Alfred Narvaës prit la potion destinée à madame de Lannot, ce qui ne lui produisit pas l'effet que Panisset attendait ordinairement d'une pareille boisson.

Gédéon fit prendre à la marquise de Lannot le narcotique que madame de Beaulieu voulait donner à Kao et celui-ci prit le poison que Dreus-Jolin et l'abbé Coquet réservaient à Alfred Narvaës. Cependant celui-ci éprouva une forte commotion dans les intestins, il but trois carafes d'eau dans la nuit et le lendemain matin, il n'avait plus le délire Alors il se rappela... Pauvre Clémence! qu'était-elle devenue? que pensait-elle? Pourquoi n'était-elle pas à son chevet? Il voulut se lever.....

Impossible! écrire, impossible encore! Il pria la garde de sonner.

— Veuillez prier le maître de l'hôtel de monter sur le champ, dit-il.

Il monta.

— Je vous prie d'écrire pour moi, lui dit-il. Et il dicta : « Madame, M. Alfred Narvaës «est retenu dans son lit, à la suite d'une bles-«sure dangereuse. Il vous prie de venir de «suite. Il a des choses de la plus grande im-«portance à vous communiquer.»

— Maintenant, continua le malade, apportez-moi le deuxième tiroir de mon secrétaire; je me rappelle vaguement avoir vu les gens qui m'ont rapporté ici rôder de ce côté.

— Je le crois bien, Monsieur, reprit le maître de l'hôtel, ils commandaient en seigneurs et buvaient du Champagne en vous veillant. Je les croyais de vos amis. Mais ce qui nous a le plus étonné, c'est de ne pas les avoir vu reparaître depuis hier. Eux qui ne vous quittaient pas qui empêchaient qu'on n'entrât!

Alfred jeta un cri perçant. Le tiroir était vide!

— Rien, dit-il; rien! Mais je suis volé! Monsieur, j'avais des valeurs considérables ici... J'avais aussi des lettres d'elle... O mon Dieu...

— Vous vous serez trompé de tiroir..... Voyons... Rien... Rien, nulle part... Ah! si, un bout de cigarre... C'est sans doute à ces messieurs... Dam, il ne vous ménageaient guère... Fumer dans la chambre d'un malade, cela me parait peu *attentionneux*... Après cela vous aimez peut-être l'odeur du tabac;... aimez-vous l'odeur du tabac?... Eh bien, je vous le dirai franchement, ces messieurs avaient une vilaine mine, malgré leurs habits... Je me doutais qu'on vous trompait... C'était des chuchottements, des signes, des demi-mots... Après cela, c'est de votre faute!

quand on a des valeurs on doit me les confier... C'est écrit dans l'escalier... et c'est bien écrit... Un calligraphe de mes amis s'est chargé de cela...

— Monsieur, dit Alfred redevenu calme, je vous prie de faire porter cette lettre immédiatement.

XLI.

Le Double Troc.

Pierre Morin ne manqua pas au rendez-vous que lui avait donné le docteur Panisset; celui-ci lui remit, en échange de ses billets de banque, la lettre suivante :

« Mon cher peintre, le coup est fait..... je
» m'ennuyais à mourir dans ce château... Je
» crois que je suis folle tant je suis heureuse...
» Je suis enfin débarrassée de ce monstre......
» Je lui ai fait donner de l'arsenic par sa
» propre sœur...... Il est impossible qu'on
» se doute de rien... Nous sommes trop loin
» de toute ville... Le médecin du village voisin
» est un ignorant...... Viens dès que tu auras
» reçu ma lettre... Tout est fini... Monsieur
» de Champy est mort. Juste vengeance! Il
» avait été un jour jusqu'à me frapper de sa
» cravache... et tu sais si je sais me venger!...
» Oh! tenir et toucher son ennemi mort!.....
» Quelle joie! je le haïssais bien, va! Depuis
» quelque temps je ne vivais plus que pour le
» détruire... Tu le vois, je perds la tête... Ac-
» cours vite. Ta bien-aimée.

CARMEN.

Comme Pierre Morin rentrait, muni de

cette lettre, on lui dit qu'une dame l'attendait. — C'était Clémence. Elle ne paraissait pas maîtresse de son émotion... Dès qu'elle aperçut Pierre elle se jeta dans ses bras...

— Ah ! mon ami, lui dit-elle en pleurant et en souriant tout à la fois, il vit ! il vit ! il n'est pas mort... Lisez, lisez !...

Et elle lui tendit la lettre que Narvaës lui avait envoyée et qu'elle venait de recevoir.

Elle prit à peine le temps d'écouter Morin qui lui racontait avec bonheur le résultat de ses démarches et elle l'entraîna dans sa voiture... Un quart-d'heure après, ils étaient tous deux au chevet d'Alfred.

— Mes amis, leur dit-il, Dreus-Jolin est un infâme scélérat !. Après m'avoir blessé, il me mit dans un fiacre avec ses deux témoins et un certain abbé leur complice ; ils me rapportèrent ici et n'envoyèrent pas chercher de médecin... Si je suis guéri, je le dois à la nature, au hasard... Ils s'empressèrent de me faire avaler un tas de choses qui me maintenaient dans un état perpétuel de sommeil et d'engourdissement..... Profitant de cela, ils m'ont entièrement dévalisé ; mais de tout ce que je regrette le plus, ce n'est pas mon argent, mais bien vos lettres, ô Clémence...

— Elle vont vous être rendues, dit Pierre Morin, qui se chargea de tout expliquer à Narvaës.

— Ce qu'il y a de plus infâme là-dedans, dit Clémence, c'est que les scélérats m'ont tous parlé de votre mort... Oui, Alfred, je vous croyais mort, et je vous pleurais, soupira Clémence Samuel en portant son mouchoir à ses beaux yeux.

— Nous le tenons, dit Pierre Morin, avant quarante-huit heures nous aurons les lettres ; quand à votre argent, mon cher Alfred, faites-en votre deuil... Et d'abord j'ai en poche de quoi faire capituler la Champy... Pour ce qui est de Dreus-Jolin, ce sera plus facile encore;

vous allez aujourd'hui même adresser une plainte contre lui au procureur du roi... il fera tout au monde pour vous engager à la retirer.

Et Pierre Morin se mit à rédiger cette plainte qu'il fit ensuite signer par Alfred Narvaës. —

. . . .

Alfred et Clémence restèrent seuls.

— Souffrez-vous ? dit-elle. . . . . . .

— Non... Pourquoi vient le mal ? qui le sait ?... Des idées de bonheur me tombent au cœur....

La vie humaine a de beaux moments : ces deux âmes qui s'aimaient firent ensemble un voyage dans leur passé... Ces deux enfants se promenaient sous un ciel sans nuages, sur un lac sans rides... Qui n'a pas savouré avec bonheur ce moment de joie illimitée où l'âme semble s'être débarrassée des liens de la chair ? N'est-il pas des heures où les sentiments s'enlacent d'eux-mêmes et s'élancent vers les régions pures où naissent les vrais amours? Alfred et Clémence se rappelèrent tous ces riens qui accompagnent la passion, et dont, plus tard, le souvenir fait des poëmes. Ils se rappelèrent leur pays, leur promenades et tous ces objets qui paraissent si délicieux quand la vie est légère, tous ces objets que le cœur n'oublie jamais.

. . . .

En quittant Alfred et Clémence, Pierre Morin se rendit chez madame de Champy.

— Madame, lui dit-il je suis envoyé vers vous par madame Samuel au sujet d'une proposition que vous lui avec faite.

— Je ne vous comprends pas, Monsieur.

— Au contraire; madame. Savez-vous bien que votre conduite a été infâme... Vous êtes femme et à ce titre vous avez droit à mes égards... Remerciez-en Dieu, Madame! Je ne reviendrai pas sur les détails de ce lâche guet-à-pent que vous avez tendu avec Dreus-Jolin à cette innocente créature que vous croyiez sans défense... Ne dites pas non... Je n'ignore aucune des particularités de votre vie... Elle est féconde en vengeances, en crimes!... Ne cherchez pas à me tromper, car alors je vous traiterais sévèrement; vous êtes en mon pouvoir... Eh bien! vous faites un joli métier!... Vous avez puisé dans tant de bourses et vous n'êtes point encore rassasiée d'or? Quel démon êtes-vous donc?... Vous n'êtes cependant pas des gens assez rusés pour ne pas vous jeter imprudemment dans des voies criminelles.... Je le sais, ni la douleur, ni la prière, ni les sentimens humains n'ont pris sur vous; mais la peur fera bien dire à votre bouche ce que garde votre pensée.

Madame de Champy sembla d'abord atterée par ces paroles justes et cruelles; mais bientôt, pensant que Pierre Morin voulait l'intimider afin d'obtenir la correspondance de Clémence, elle voulut payer d'audace, mais elle le fit d'un air troublé, qui augmenta son embarras.

— Ne cherchez aucune excuse et ne niez rien, lui dit Pierre Morin d'un ton sévère, sans cela je ne vous garantirais pas l'impunité. Je suis convaincu qu'on ne m'a pas trompé sur votre compte. Sans cette conviction, je n'aurais aucune foi dans l'œuvre à laquelle je me suis voué. Non, on ne m'a pas abusé lorsqu'on vous a représenté à mes yeux comme une femme horrible, et lorsqu'on m'a dit : — Elle a empoisonné...

— Grâce, grâce ! s'écria la vieille femme suppliante.

— Elle a empoisonné son mari, continua Morin en élevant la voix.

— Plus bas, plus bas ! dit madame de Champy avec ce ton lâche des scélérats pris au piége et qui contraste si fort avec celui qu'ils ont en s'adressant à leurs victimes.

— Donc, je vous tiens. Soyez bien assurée que vous ne pouvez m'échapper : j'ai chez moi la lettre que vous avez écrite à Maurice..... Vous savez bien, Maurice, *votre peintre...* vous ne nierez pas cette lettre, n'est-ce pas? Rappelez-vous la : *Le coup est fait...* et plus loin : *Je suis enfin débarrassée de ce monstre... je lui ai fait donner de l'arsenic par sa propre sœur.* Eh! empoisonneuse, vous souvenez-vous maintenant?..

Attérée sous le poids de cette accusation formidable, la fière Carmen versait des larmes de rage; sa poitrine, gonflée de colère, se souevait avec impétuosité comme la mer pendant la tempête.

Pierre Morin était inexorable; il reprit :

— Quand au parti que je puis tirer de cette lettre, je vous le laisse à penser.

— Rendez-la moi... Que vous faut-il? qu'exigez-vous de moi ? Dites... Parlez, parlez... Je souscris à tout.

— Les lettres de madame Samuel.

— Que cela ? Oh ! vous les aurez, Monsieur, vous les aurez.

— De suite.

Madame de Champy réfléchit un moment.

— Demain, dit-elle.

— Aujourd'hui même il faut que madame Samuel n'ait plus rien à craindre !

Et Pierre Morin accompagna ces paroles d'un geste solennel à la hauteur de sa pensée. Il avait employé toutes ses forces, tous ses efforts à sauver Clémence, et il pensait qu'une heure de retard serait un vol fait à la grandeur du noble rôle qu'il s'était si généreusement imposé.

— S'il faut tout vous dire, reprit madame de Champy, ces lettres ne sont pas en mon pouvoir ; c'est Dreus-Jolin qui les a. Je me les les ferai confier demain matin.

— En les lui demandant, reprit Pierre Morin qui, après les dernières paroles de l'empoisonneuse, avait gardé un silence effrayant, vous lui direz que M. Alfred Narvaës vient de déposer, chez le procureur du roi, une plainte contre lui... Il saura ce dont vous lui parlerez. Il se reconnaîtra au mot de vol comme vous pouvez vous reconnaître au mot poison !

Madame de Champy laissa échapper un geste de dénégation ; mais elle pâlit, les muscles de son visage se contractèrent par la nécessité où elle était de faire parade d'une fermeté trompeuse. Le regard implacable de l'homme du peuple ne perdit aucun de ses mouvements.

— C'est donc convenu, dit-il, demain vous me rendez toutes les lettres de madame

Samuel ou je vous dénonce... Me les apporterez-vous chez moi?

Madame de Champy le regarda d'un air stupide; elle craignait un piége et restait immobile.

— Il est plus convenable que vous veniez, dit-elle.

— A demain donc. A onze heures.

Et il sortit. Madame de Champy était stupéfaite... Tout-à-coup elle sonna, demanda à sa femme de chambre un schal et un chapeau et sortit précipitamment. — Quand elle se trouva dans le faubourg Saint-Honoré, elle regarda de tous côtés... puis appercevant un fiacre, elle y monta.

— Ils n'auront pas les lettres! dit-elle en serrant les poings.

Et un quart d'heure après, elle entrait chez le docteur Panisset.

Panisset n'était pas homme à laisser échapper une occasion de nuire à son prochain et de gagner de l'argent. Il avait, vous le verrez dans la suite de cette histoire, une grande habileté à faire les faux..... Pourquoi donc avait-il demandé vingt-quatre heures à Pierre Morin pour lui remettre la lettre de madame de Champy? — Afin d'avoir le temps de fabriquer une lettre semblable à celle-là.

— Vraiment, se disait-il à lui-même, en travaillant à ce nouveau crime, ce cher M. Morin est bizarre avec ses grands airs de vertu et de dévoûment!... N'a-t-il pas cru bonnement que j'allais lui donner la lettre de la Champy pour quelques pauvres mille francs?

Madame de Champy prit, en entrant chez Panisset, un visage riant qui contrastait singulièrement avec l'agitation qui la dominait.

— Mon bon Panisset, dit-elle au médecin d'une voix caline, c'est encore moi, une vieille amie bien dévouée... Vous me rendrez bien un petit service, n'est-ce pas?

— Quoi donc, *ma toute belle?* Mais vous

n'ignorez pas que pour vous je suis prêt à tout.

— Mille fois trop aimable, en vérité... Voici le fait : Il y a quelques années que j'ai eu le malheur, dans un instant de confiance folle, d'écrire une lettre qui peut aujourd'hui me compromettre... Cette lettre est au pouvoir de cette petite hypocrite de madame Samuel, à laquelle je réserve un chien de ma chienne... Elle ne veut me la rendre qu'à une condition; celle que je lui remettrai à mon tour les lettres de son dernier amant... Les voici. Vous comprenez que j'ai trop l'usage du monde, pour avoir pensé un seul instant à les rendre à M. Morin, un des amants de madame Samuel. Ce qu'il me faut, et ce que j'attends de votre amitié, c'est une copie exacte, fidèle...

— Vous serez satisfaite de moi, dit Panisset qui venait de concevoir un projet égoïste.

— Surtout n'oubliez pas que le papier soit

parfaitement semblable... Quand elles seront faites, froissez-les, et tâchez de leur donner un air de vétusté convenable... qu'ils ne puissent s'apercevoir de rien.

— Soyez tranquille. Vous serez vous-même incapable de distinguer la copie de l'original.

— Grand homme, va!... Oui, Panisset, je le dis sincèrement, vous êtes un grand homme!

— Je le sais bien.

— Adieu; je vous quitte pour aller chez Dreus-Jolin. J'espère que vous tiendrez fidèlement votre parole. Quand au secret, nous sommes sûrs l'un de l'autre, n'est-ce pas?

— Assurément, dit Panisset en souriant faussement.

Lorsque madame de Champy entra chez Dreus-Jolin, celui-ci se faisait expliquer le code pénal par l'ancien procureur du Roi de Beauvais.

— Madame de Champy, dit Dreus-Jolin

en se levant gracieusement pour aller au-devant de sa complice, qu'est-ce qui me procure l'avantage de vous voir?

— Quelques affaires embarrassées... n'a-t-on pas souvent besoin des conseils d'un homme d'esprit?

Dreus-Jolin s'inclina modestement, puis :

— Madame de Champy, j'ai l'honneur de vous présenter M. Viper, procureur du Roi près le tribunal de la Seine... C'est lui qui a fait condamner Pierre Morin... vous savez l'histoire...

— Je vous laisse, dit Viper.

— Eh bien, mon cher ami, dit Dreus-Jolin en le reconduisant, c'est convenu, je vous conduirai chez madame de Beaulieu... Elle meurt d'envie de vous connaître.

— Qu'est-ce qu'a donc fait ce provincial pour que vous le conduisiez chez Marianna? demanda madame de Champy.

— Ma chère amie, ce jeune homme était,

je vous l'ai dit, procureur du Roi dans la bonne ville de Beauvais. Là il a gagné de belles sommes à faire condamner les uns, à faire acquitter les autres. Ne fallait-il pas que le ministère protégeât un homme aussi industrieux, et le mît à même d'exercer sur une plus grande échelle ? Effectivement, il vient d'être nommé à Paris. Je tiens à le conserver parmi mes amis intimes...

— Je comprends ; dans notre position, cela peut toujours servir... Votre procureur du Roi n'et pas décoré ?

— Non.

— S'il veut, je lui fais avoir la légion-d'honneur pour cinq mille francs.

— C'est cher !

— Oui, mais nous aurions une forte remise.

— Combien le comte de Merville vient-il de l'acheter ?

— Deux mille.

— Ah ! c'est plus raisonnable !

— Vous me présenterez votre M. Viper.... Un joli nom, quand on a un état pareil !

— N'est-ce pas ? oui, je vous le conduirai.

— Pourquoi le menez-vous chez Marianna ? Elle va le *manger*.

— Possible ; mais j'en aurai ma part. Çà, c'est une justice à lui rendre, elle n'est pas voleuse... *Les bons comptes font les bons amis !* voilà sa devise, et c'est aussi la mienne.

— Combien avez-vous ?

— Le tiers de ce qu'elle *gagne* par mon fait.

— Et les cadeaux ?

— Elle les garde ; mais elle me donne toujours en espèces le tiers de la valeur.

— Vous allez bien, mes enfants !..... à propos, nous sommes pris pour aujourd'hui ! Il n'y aura pas moyen d'avoir un écu de madame Samuel.

— Allons donc, vous plaisantez ?

— Je parle très sérieusement. M. Pierre Morin s'est érigé en protecteur de madame Samuel.

— Je retrouve ce nom mêlé à toutes mes *opérations*, dit Dreus-Jolin d'un air sombre, il faudra, lui aussi, qu'il disparaisse!... Mais je ne sais ce que j'éprouve devant cet homme... Il a quelque chose qui subjugue et dont je n'ai trouvé la reproduction sur aucun autre visage...

— Je vous dirai donc qu'il est venu me trouver, possesseur d'une lettre qui peut nous perdre... Je l'ai supplié de me la rendre; — ses conditions ont été dures; il m'a demandé de la changer contre celles de madame Samuel...

— Et vous les lui avez données! mille tonnerres! Est-ce qu'elles vous appartenaient, ces lettres?... C'etait un dépôt sacré...

— Ne vous emportez donc pas comme çà; c'est mauvais genre! Comment, vous, Dreus-

Jolin, vous pourriez supposer que j'ai été assez sotte... Ah! mon ami, vous m'avez fait de la peine... J'ai été trouver Panisset.

— Je comprends, à la bonne heure! —

— Enfin, c'est bien heureux! Et demain matin...

— Demain matin?

— Je lui donnerai les lettres fabriquées par notre cher docteur.

— Après.

— J'y mettrai encore une condition.

— Laquelle?

— Celle-là vous regarde.

— Moi?...

— Narvaës n'est pas mort.

— Il n'est pas mort? Grand Dieu!

— Il a parlé.

— Je suis perdu! Infâme Panisset! Je suis perdu!

— Non pas. Il a même porté contre vous une plainte chez le procureur du Roi...

— Et...

— Et M. Morin va la lui faire retirer si je lui rends les lettres de sa maîtresse.

— Je respire... écoutez, voyez-vous, c'est de la plus grande gravité pour moi; il faut lui rendre les lettres véritables...

— Enfant!

— Non, non, je ne veux rien risquer...

— Poltron!

— Je vous dis, moi, que je veux que vous les rendiez de suite.

— Mais quand je vous dis que je réussirai sans cela.

— Et s'ils s'aperçoivent que vous les avez trompés!...

— Il sera toujours temps de leur rendre les lettres de Narvaës.

— C'est juste.

— Tiens, comme un rien vous alarme.....

Vous êtes devenu pâle comme un condamné à mort!

. . . .

Le docteur Panisset n'avait pas donné à Pierre Morin la véritable lettre adressée jadis par madame de Champy à Maurice, mais une copie très-exacte de cette lettre. De même, il remit une copie des lettres de madame Samuel à la Champy, et comme celle-ci lui demandait les originaux :

— Je ne puis vous les donner actuellement; j'ai quelqu'un dans mon cabinet... Mais soyez tranquille, ajouta-t-il en souriant.

Madame de Champy se retira sans méfiance.

Elle rentra chez elle. Pierre Morin l'attendait. Ils firent l'échange projeté; Panisset, le docteur à la mode, était un si adroit faussaire que madame de Champy ne s'aperçut pas que Pierre Morin ne lui remettait qu'une copie de sa lettre...

Pierre sortit après avoir juré à madame de

Champy que Narvaës allait retirer la plainte qu'il avait portée contre Dreus-Jolin.

Pierre Morin s'empressa d'aller chez Clémence lui rendre *ses* lettres.

L'infernal Panisset avait tant fait, que Clémence elle-même ne reconnût pas la fraude. Par un mouvement prompt comme l'éclair, elle s'empressa de les brûler....

— Elles ne me feront plus de mal, dit-elle.

..... Tandis que Clémence et Alfred s'abandonnaient à la joie d'avoir échappé aux interprétations injurieuses de Morin; le docteur Panisset méditait un infâme projet. Possesseur des véritables lettres de Clémence, qu'elle croyait avoir brûlées et de la lettre de madame de Champy dont celle-ci s'était également empressée d'anéantir la copie qu'elle avait prise pour l'original, Panisset songeait à tirer de ces pièces le meilleur parti possible.

Ainsi l'existence calme et pure de madame Samuel (qui se promettait de ne plus revoir

Narvaës dés qu'il serait guéri), se trouvait encore à la merci de misérables intrigants, prêts à abuser de preuves fausses mais accablantes, qu'un hasard féroce avait mises entre leurs mains.

Cependant Panisset fut quelque temps avant de se servir des lettres de Clémence; le Japonais Kao fut quelques temps avant d'être désillusionné sur Marianna de Beaulieu. La marquise de Lannot dissimula sa grossesse pendant quelques semaines.

Je profiterai de cette espèce de repos pour détourner mes yeux de l'action principale de ce drame.

Qu'il me soit permis, par exemple, de dire quel a été mon but en écrivant ceci. Cet ouvrage est une critique sévère mais impartiale de la société actuelle. Cette société, — je me réserve de vous le prouver plus tard — est inique, imprévoyante. Elle ne fait rien pour porter secours aux pauvres. Elle est dure pour ceux-ci, et tellement tolérante pour les riches, que toute notion de morale et de justice s'efface devant la raison supérieure du succès. — Ce succès, on ne l'obtient le plus souvent que par les intrigues les plus basses. Les Robert-Macaire et les prostituées prospèrent... Or, dans quelle classe de la société sont-ils placés? — assurément pas dans celle du peuple. Je dis donc que le vice s'est réfugié dans la classe dominante, qui n'a jamais pour excuse la misère. Les lois n'existent pas pour ceux qui les imposent. Dans les sphères supérieures, on s'en embarrasse peu. Tout se passe là haut entre de puissants coquins qui gouvernent, et des coquins moins puissants qui sont gouvernés; entre des petits qui sont pendus et des grands qui méritent de l'être. La morale n'est plus qu'une chose de convention qu'on respecte comme la vertu, mais dont on ne fait nullement usage.

Les gouvernements ont pour eux la *dérai-*

son du plus fort ; les voleurs titrés suppléent à la force par l'habileté.

Le mal étant une voie de succès la vertu joue un rôle de dupe. Pour moi, je ne suis pas de ceux qui veulent atténuer les images de la douleur et du crime. Non, il ne faut pas voiler les plaies de la société ; il faut au contraire arrêter la pensée des hommes sur l'infamie et la douleur, décourager l'humanité, condamner, frapper, prononcer un arrêt sans rémission. — Après quoi, on réformera la société. Donc, j'attaquerai toujours les hommes corrompus par l'amour du gain ; je dénoncerai les vices protégés et ferai rougir les prospérités impunies !

Je plaiderai devant le tribunal de l'opinion publique la cause de ceux dont la société a faussé la destinée ; je signalerai les abus qui ont appelé déjà l'attention des quelques âmes généreuses qui veulent une régénération sociale basée sur la moralité, le travail, l'harmonie, la fraternité. En montrant les infirmités hideuses et les plaies saignantes de l'humanité; en étudiant les déplorables manifestations du mal moral et du mal physique; en surprenant sur le fait la débauche et le vice avec leurs terribles conséquences, je n'aurai d'autre but que de prouver le besoin d'une réforme sociale.

Notre siècle est assez éclairé pour que la peinture des effets de l'immoralité n'excite pas ses passions mauvaises. Hélas! ce n'est que trop vrai, ce siècle est aguerri contre tout ce qui peut blesser la conscience et la pudeur; le vice immonde a fait effrontément irruption sur la surface de la société et menace d'envahir tous les rangs, — c'est pour empêcher l'explosion de ce désordre qu'il faut accueillir les innovations utiles qui tendent à à une saine réaction contre les progrès du crime et du vice. Pour mieux faire sentir le besoin de cette réaction, je veux faire sonder à la société la profondeur de ses plaies.

Il n'appartient pas à un écrivain, dont les efforts politiques et littéraires tendent à une saine et loyale égalité, de se contenter de donner du charme à la vertu et de rendre le vice repoussant. Il doit être vrai, il doit montrer le mal et apporter le remède. — Le mal, vous l'avez vu, vous le verrez encore; — le remède le voici :

L'insuffisance des doctrines anciennes étant flagrante, il faut que des idées et des procédés nouveaux viennent en aide à cette société qui trouve les causes de sa décadence dans son égoïsme vil.

Les grandes réformes sociales ne s'opèrent qu'en remuant de fond en comble l'édifice! Il faut remplacer par l'égalité des droits de tous, cette civilisation, épuisée de mensonges, qui a enfanté le charlatanisme et ses opprobres, l'ambition et ses effronteries, l'audace des espérances les plus illégitimes, l'amour du gain et l'impatience du succès. Les écrivains de notre époque doivent donc analyser la société, la forme sociale, les conditions dans lesquelles l'individu naît et grandit, puis prouver que l'entraînement au désordre et au crime est le résultat inévitable de la position que la société fait à chacun de ses membres.

Je me suis efforcé donc d'entasser, comme ils sont d'ailleurs, le crime et les sottises, afin que le lecteur soit lassé, désespéré, non pas de la vie en elle-même, mais des conditions dans lesquelles la vie se développe; afin qu'il maudisse avec moi les institutions mauvaises, les misères qui faussent nos facultés naturelles; afin qu'il contribue à la grande régénération politique et sociale.

Vous voyez des hommes vicieux réussir et des hommes honnêtes végéter dans la misère.

— Cependant, me direz-vous, il y a des hommes vicieux qui vont aux galères.

— Ce sont les maladroits ! vous répondront Dreus-Jolin et Panisset.

Donc, il ne s'agit rien moins que de changer l'état des choses ; assez de résignation ! Le temps est venu, d'exalter, d'exciter l'intelligence humaine.

Je l'ai dit, tant pis pour ceux que vous reconnaîtrez ici ; je n'ai nommé personne, j'ai donné un pseudonyme à chacun de ces misérables. — Je ne me suis même servi d'aucune date. — Cette prudence ne peut-être taxée de lâcheté chez un homme, qui, tout jeune encore, se dévoue à une noble cause pour laquelle il a combattu avec une vigueur, et une hardiesse qui ne se démentiront jamais !

XLII.

Scandale.

« Victime de son aveuglement, un infor-
» tuné qui n'a pas écouté vos conseils, vous
» prie de venir le voir. Je sais combien vous
» êtes bon, et vous n'hésiterez pas, je gage, à

» me dire ce qu'il faut faire pour me faire
» rendre par madame de Beaulieu ce qu'elle
» m'a volé.

Agréez, etc.

» Prison pour dettes, ce ** 18**,

» KAO. »

Telle est la lettre que Pierre Morin reçut un soir.

— Il est trop tard, me dit-il, pour que je puisse me présenter à la prison dans laquelle la Beaulieu a fait jeter cet infortuné japonais après l'avoir volé.

Le lendemain, nous trouvâmes le pauvre Kao découragé.

Cependant Pierre Morin lui rendit un peu d'espérance en l'assurant qu'il le ferait sortir de prison. Nous déjeunâmes avec le pauvre prisonnier, ce qui le rendit communicatif.

— Ne me demandez pas, nous dit-il, comment je suis ici. Madame de Beaulieu m'a traité comme elle en a traité tant d'autres..... Vous aviez bien raison, Monsieur Morin!... Cette femme m'a horriblement fasciné; mais je me vengerai, oui, je me vengerai! non pas d'elle, mais de Dreus-Jolin, de cet infâme qui, après m'avoir volé, triché au jeu et jeté dans les bras de Marianna, m'a forcé un soir à signer des lettres de change pour lui acheter des diamans...

— Mais enfin êtes-vous donc entièrement ruiné?... demanda Morin.

— Du tout... Ils ne m'ont guère pris qu'une soixantaine de mille francs; — il m'en reste à peu près cent mille. Seulement je me suis entêté à ne pas payer ces dix mille de lettres de change que Dreus-Jolin m'a fait faire après m'avoir enivré... cependant je n'ai bu qu'un verre de vin de Muscat.... Je ne comprends pas qu'un seul verre vous mette dans un état pareil...

— Dreus-Jolin est ami du docteur Panisset qui se charge de lui fournir tous les narcotiques...

— Mais j'oubliais...... Vous ne savez donc pas que Marianna a voulu m'empoisonner?... Elle m'a fait prendre de l'arsenic... Heureusement pour moi la dose était trop forte... elle n'a eu aucun effet... Oh! je me vengerai! Autant ils m'ont trouvé niais et crédule, autant ils vont me trouver terrible... Dites-moi, que dois-je faire pour sortir d'ici?....... Faut-il payer?

— Non pas : ce soir vous serez libre.

— Et j'irai, ce soir même, souffleter Dreus-Jolin dans le salon du banquier Samuel ou chez la marquise de Lannot.

— Fort bien ; mais avant, dites-lui son fait devant tous et à la Beaulieu aussi.

— Assurément. Je veux les faire connaître...... Je veux les humilier ; les rendre plus plats qu'une punaise... Je veux avoir la satisfaction de leur cracher mon mépris au visage.

Le Japonais Kao était méconnaissable; une généreuse indignation se peignait sur sa figure; et ses regards, remplis d'énergie, jetaient des éclairs.

— Vous le voyez, dit Pierre Morin à Kao, vous avez l'âme neuve et candide. Prenez garde de vous laisser duper de nouveau. Je crains que le désir ne vous trouve encore une fois faible et disposé aux sacrifices. Je ne veux pas vous taxer de débauche, mais le *désir* est le seul que je puisse donner à ce que vous ressentez pour madame de Beaulieu.

— Dites à ce que j'ai dû ressentir, s'écria Kao avec force; car maintenant, je sens que je la déteste!... Ah! vous aviez bien deviné le commerce auquel elle voulait se livrer et dont je devais être infailliblement la dupe!

— Si Dreus-Jolin est chez lui, il va remettre vos lettres de change au porteur de la lettre que je vais écrire.

Et Pierre Morin écrivit les lignes suivantes :

« Voici depuis quelques jours la troisième « victime que je veux vous arracher... Si dans « une heure vous n'apportez pas à M. Kao les « lettres de change que vous lui avez extor-« quées, craignez la vengeance d'un honnête « homme.

« PIERRE MORIN. »

Une heure après, un commissionnaire apportait à Kao ses lettres de change.

— J'avais bien raison, dit joyeusement Kao, de ne pas payer sans vous avoir vu !

Kao rentra chez lui pour s'habiller; nous l'accompagnâmes; après quoi il fallut songer à dîner. — Kao nous invita à le suivre dans un restaurant où nous nous attablâmes le plus confortablement possible. Après dîner, on apporta des cigares et nous causâmes longtemps. Pierre Morin raconta à Kao tout ce que vous savez sur Dreus-Jolin, sur Narvaës, madame Samuel et madame de Beaulieu. Cela ne fit qu'enflammer davantage Kao, qui renouvela ses menaces contre Dreus-Jolin.....

A dix heures nous allâmes chez la marquise de Lannot; elle ne put nous recevoir ; elle s'habillait pour aller chez Samuel qui donnait une grande fête.

— Dreus-Jolin doit y être, dit Pierre Morin.

— Tant mieux, s'écria Kao... mon cœur en bat de joie... Ah! çà, Messieurs, je compte sur vous pour demain ; car je pense que nous nous battrons.

— A votre place, reprit Morin, je refuserais. Il n'en est pas digne.

..... La fête du juif Samuel était splendide. Cette réunion brillante offrait un aspect ravissant. — Les fleurs, les diamants, les gazes légères, les fines dentelles sur les épaules nues, les broderies soyeuses, tout se confondait, se mêlait comme des fantaisies diaboliques. — On aurait cru voir dérouler et s'animer devant soi les gravures d'un keapsake mystérieux; les toilettes claires des femmes tranchaient sur la masse des vêtements noirs dont les hommes étaient affublés.

Ceux-ci semblaient être entraînés par une irrésistible ivresse. Tout ce monde là riait, causait, chuchottait, dansait et buvait à l'envie. Les yeux étaient éblouis par le reflet des lumières sur les épaules satinées, blanches, sur les gorges lustrées et italiennes, palpitantes.

Les chairs argentées et la soie, tout resplendissait. Toutes les femmes étaient animées, belles ou jolies, chiffonnées ou enjouées, passionnées ou spirituelles. Les plus suaves étaient sans contredit ces femmes, semblables à madame Samuel, au teint espagnol et bistré, mais chaud, mais ardent, transparent, uni ; aux yeux noirs dans lesquels habitent d'ordinaire la passion et la jalousie. La bouche de ce dernier type de femme est ardente et semble faite pour appuyer un baiser et laisser échapper une raillerie. — Il y avait encore des maris dont la bonne et honnête figure inspirait la joie et le sarcasme. On n'y remarquait pas la moindre face de ces maris de mélodrames, maris inconvenants et avides de scandale, qui font naître dans l'âme des amoureux de leurs femmes des projets passionnés et dévergondés à la manière des romans espagnols.

En appercevant madame de Beaulieu, Kao frisonna de tous ses membres..., Marianna, prévoyant une scène, se sentait défaillir, car c'était la première fois qu'il lui faisait un accueil si terrible. Sa contenance humble, et suppliante paralisait déjà le ressentiment du japonais, lorsque Dreus-Jolin entra.

Kao s'avança vers lui, puis le toisant avec dédain, il dit à haute voix :

— Monsieur Dreus-Jolin, j'ai à vous parler, aussi bien le ferai-je ici qu'ailleurs. Il faut que la honte de votre conduite retombe brûlante sur votre front aux yeux de tous..... Vous êtes un voleur, bien plus, vous êtes un empoisonneur !...... vous vous êtes entendu avec madame de Beaulieu pour me perdre, pour me ruiner... vous m'avez jeté dans les bras de cette femme infâme qui, du consentement de son mari...

Dreus-Jolin et M. de Beaulieu s'étaient levés et approchés de Kao.

— Ecoutez-moi froidement, comme je vous parle, reprit celui-ci, je vous disais donc... Madame de Beaulieu a été ma maîtresse...

— Silence ! hurla M. de Beaulieu qui voulut se jeter sur Kao.

Pierre Morin et le marquis de Louvagny le retinrent.

— Parlez, parlez, disent quelques personnes avides de scandale et parmi lesquelles je remarquai Gédéon, son fils, le comte de Merville, Miquelon, l'abbé Coquet et madame de Champy qui s'écria : Tiens, ça va être drôle!

Kao reprit :

— Croyez, messieurs, que je ne veux pas vous en imposer... je dis la vérité... Donc madame de Beaulieu s'est livrée à moi comme une courtisanne...

— Monsieur dit Samuel, finissons....

— Laissez, murmura tous bas Panisset à l'oreille du banquier juif, ceci vous intéresse peut-être plus que vous ne pensez.

— Certes, continua Kao, je me serais bien gardé de parler devant M. de Beaulieu, car je redoute le préjugé infâme qui jette au mari trompé une ironie flétrissante, mais j'ai acquis la certitude que M. de Beaulieu et sa femme n'en sont pas à leurs débuts... C'est ainsi qu'ils ont perdu M. Van-Halen, le beau frère de M. Samuel chez qui nous sommes et qui peut dire si je mens ; c'est ainsi que dernièrement encore ils ont voulu empoisonner M. Alfred Narvaës... ne dites pas non,.. ah! vous voilà tout confus, messieurs!... Est-ce que vous manqueriez d'aplomb, enfin? Oui, Dreus-Jolin a blessé en duel M. Narvaës, puis il s'est constitué son garde-malade avec quelques misérables de ses amis; ils ont refusé un médecin à ce jeune homme qui gisait mourant sur son lit de douleur et ils sont partis après l'avoir dévalisé et lui avoir donné du poison!..

A ces paroles l'assemblée s'émut considérablement.

— Mettez donc monsieur à la porte, criait Dreus-Jolin à Samuel et chacun disait son mot, ce qui fait qu'on ne s'entendait pas.

— Silence!

— Sortez!

— Non, non !

— Restez !

— Oui !

— Parlez !

— Continuez !

C'était un tumulte effrayant tout le monde s'était levé pour entourer Kao.

—Vous n'avez pas tort, s'écria tout-à-coup le docteur Panisset en s'avançant vers Clémence Samuel d'un air menaçant ; ajoutez donc que ce M. Narvaës est l'amant de madame... vous voulez du scandale, en voilà !

Alfred Narvaës sortit de la foule.

— Infâme calomniateur ! s'écria-t-il et il se jeta sur Panisset.

Celui-ci fut retenu dans sa chute par les soins de ses amis ; il s'avança à son tour dans le groupe au milieu duquel Kao et Narvaës se débattaient :

—Laissez cet homme, dit Narvaës à la foule, c'est à moi qu'il rendra compte de sa lâcheté, et il m'en rendra compte avec d'autres armes que celles.....

— Monsieur, dit Samuel en s'approchant de Panisset, il me faut des preuves.

— Vous les aurez... ce soir même...

— Enlevez madame, dit le banquier à quelques domestiques, elle est indisposée, portez la dans son appartement.

Clémence était froide, glacée, sans connaissance.

— Oui vous êtes des lâches, s'écria à son tour Kao furieux, Dreus-Jolin, Beaulieu, Panisset, vous êtes des infâmes!... vous, Panisset, vous perdez une femme, parce qu'elle n'a pas voulu de vous...

— Nous partons, dit Dreus-Jolin à Samuel en enmenant M. et madame de Beaulieu, nous ne voulons pas rester plus longtemps ici ; cette scène demande un autre théâtre pour se développer à l'aise.

Pendant cet esclandre, Pierre Morin avait

paru fort agité. Mais que pouvait-il? attendre impatiemment son issue. — Il l'essaya.

— Ce soir, dit Panisset à Samuel, vous aurez les preuves de ce que j'ai avancé. Je reviendrai à minuit.

Et il sortit. Cependant un grand tumulte succéda à ce scandale inouï; puis chacun sentit la convenance de s'éloigner, tout en se promettant de déchirer l'honneur de l'innocente et infortunée Clémence. Vers une heure du matin, le docteur Panisset qui était sorti et rentré à minuit, s'avança vers un domestique, lui glissa dans la main une pièce d'or avec une lettre en lui disant : — Que madame Samuel ait ceci ce soir même; et qu'elle ignore que ça vient de moi!

Clémence, retirée dans sa chambre pleurait amèrement, lorsqu'on lui remit ce papier où elle lut les lignes suivantes :

» Venez demain matin à neuf heures à Gre-

» nelle, grande rue n° 10. Apportez cette lettre.
» N'y manquez pas; il s'agit de ma vie et de la
» vôtre ».

ALFRED NARVAES.

— Pourquoi donc ce rendez-vous? se demanda d'abord Clémence. Voudrait-il mettre encore une espérance dans mon cœur? hélas? ce n'est plus possible. Je suis bien définitivement perdue... et je n'ai plus qu'à mourir..... Mais de qu'elles preuves cet homme a-t-il parlé? car, enfin, puisque j'ai brûlé les lettres d'Alfred, que reste-t-il, n'est-ce point un rêve? ne suis-je pas malade?... non; mon esprit était bien vivant et je n'ai rien perdu des choses affreuses qui se sont passées autour de moi. Il est donc arrivé un malheur que M. Morin m'a caché?.. M'aurait-on trompée? Ne me suis-je pas trompée moi-même?... Et ces femmes indignes, quels regards elles m'ont jeté! Oh! mon Dieu! donnez-moi la force dont j'aurai besoin... je dois mourir... mourir sans le secours des objets de mon affection ! Mon pauvre père ! Pauvre Alfred !... O ciel ! ayez pitié de lui et de moi.

Clémence était tombée à genoux... Elle pria longtemps et avec ferveur...

........Panisset était revenu trouver Samuel :

— Ces preuves, ces preuves ? demanda le banquier.

— Les voilà! reprit Panisssèt en remettant au banquier quelques unes des lettres de Narvaës.

— Que faire ? dit le juif après avoir lu.

— Vous venger !

— Et comment ?

— Faites lui parvenir une lettre, qu'elle pense que cette lettre est de son amant... attirez là ainsi dans un piége...

— Oh !

— Alors souffrez tout ce...

— Quel scandale! Il me faut une victime!... Et d'ailleurs cette femme me gêne... je suis mal à l'aise devant elle...

— Voulez-vous me laisser le soin de vous venger?

— Que ferez-vous?

— Nous la tuerons!

— C'est trop.

— Vous l'aimez donc?

— L'aimer? Oh! je la hais d'une haine profonde, implacable, sanguinaire... je voudrais la voir morte...

— Eh bien?

— J'ai peur de me compromettre.

— Pour cela n'ayez aucune crainte j'ai des moyens qui nous assureront l'impunité. Et puis les circonstances sont assez favorables... Le lendemain d'une pareille scène, on dira qu'elle s'est tuée. Tenez, j'ai une petite maison *de plaisance* à Grenelle... isolée, calme..... sinistre... Je possède un assez joli talent qui me permet d'imiter toutes les écritures... Je puis de suite écrire à votre femme, elle croira que c'est son amant, elle est dans un état d'exaltation et de douleur tel qu'elle ne calculera rien, elle viendra au rendez-vous. Et la Seine n'est pas loin !

— Faites donc, dit le banquier d'une voix sombre.

Panisset écrivit la lettre que vous avez vu remettre à Clémence.

— Pourquoi donc, demanda le juif, lui recommandez-vous de rapporter la lettre ?

— Ce serait une preuve !

— Bien pensé. Cette prudence me satisfait pleinement... Mais parlons un peu d'intérêt... que me demandez-vous pour cela ?

— Cent mille francs de suite et autant demain soir. Veuillez réfléchir que le *suicide* de madame Samuel vous permettra de vous remarier... vous pouvez prétendre à une dotte énorme...

— C'est dit, fit le banquier.

Et un instant après le docteur Panisset sortait de chez le banquier Samuel.....

FIN DU DEUXIÈME VOLUME.

BIBLIOTHEQUE ROYALE
I

TABLE

Des Chapitres contenus dans ce Volume.

FIN DE LA TABLE DU DEUXIÈME VOLUME.

COULOMMIERS. — IMPRIMERIE DE A. MOUSSIN.

EN VENTE.

ROMANS DU COEUR.

1re Livraison.

THÉRÉSA, PAR Mme CHARLES REYBAUD.	2 vol. in-8.
LA MÈRE-FOLLE, PAR AUGUSTE ARNOULD.	

2e Livraison.

LA VIERGE DE FRIBOURG, PAR X.-B. SAINTINE. . .	2 vol. in-8.
LA MARQUISE D'ALPUJAR, PAR MOLÉ-GENTILHOMME.	

3e Livraison.

LA DERNIÈRE SOEUR GRISE, PAR LÉON GOZLAN. . .	2 vol. in-8
UN AMOUR DE REINE, PAR CLÉMENCE ROBERT. . . .	

Chaque livraison, contenant deux romans complets, se vend séparément.

Nouveautés.

LA DUCHESSE DE CHEVREUSE, PAR CLÉMENCE ROBERT. 2 vol. in-8.
LES FRÈRES DE LA COTE, PAR EMMANUEL GONZALÈS. 2 vol. in-8.
BERTHE L'AMOUREUSE, PAR HENRY DE KOCK. . . . 2 vol. in 8.
LE LIVRE D'AMOUR, PAR EMMANUEL GONZALÈS. . 2 vol. in-8.
LES ENFANTS DE L'ATELIER, PAR MICHEL MASSON ET CLÉMENCE ROBERT. . . . . 2 vol. in-8.
AVENTURES DE ROBERT ROBERT, PAR LOUIS DESNOYERS. 2 vol. in-8

SOUS PRESSE.

LE ROI, PAR CLÉMENCE ROBERT. . . . . 2 vol. in-8.
LES MÉMOIRES D'UN ANGE, PAR EMMANUEL GONZALÈS. . 2 vol in-8.
LE COMTE DE CARMAGNOLA, PAR MOLÉ-GENTILHOMME. . 2 vol. in-8.
L'AMANT DE LUCETTE, PAR HENRY DE KOCK. . . . . 2 vol. in-8.
L'HONNEUR DU MARI, PAR AUGUSTE ARNOULD. . . . 2 vol. in-8.
LA FILLE DU GONDOLIER PAR J.-A. DAVID. . . . . 2 vol in-8.
L'ASSASSIN PAR AMOUR, PAR HIPPOLYTE BONNELIER. . 2 vol. in-8.
SOUVENIRS D'UNE FEMME DU PEUPLE, PAR ROLAND BAUCHERY 2 vol. in-8.
LES DEUX TRÉSORS, PAR PHILIPPE DE MARVILLE. . 2 vol. in-8.

ROMANS DE ELIE BERTHET.

EN VENTE.

RICHARD LE FAUCONNIER. . . . . 2 vol. in-8.

SOUS PRESSE.

LE PACTE DE FAMINE. . . . . 2 vol. in-8.
LA MINE D'OR . . . . 2 vol. in-8
LE CADET DE NORMANDIE. . . . . 2 vol. in-8.
L'INCENDIAIRE DE L'AVEYRON. . . . . 2 vol. in-8
LA MAISON DU BON DIEU. . . . . 2 vol. in-8

Imp. de HAUQUELIN ET BAUTRUCHE,
90, rue de la Harpe.

www.ingramcontent.com/pod-product-compliance
Lightning Source LLC
Chambersburg PA
CBHW070330030726
47505CB00004B/1150
* 9 7 8 2 3 2 9 1 0 8 8 5 8 *